숲은 번개를
두려워하지 않는다

15년간 숲 해설을 하며 자연에서 배운 삶의 지혜

숲은 번개를 두려워하지 않는다

———

2015년 12월 21일 초판 1쇄 찍음
2015년 12월 28일 초판 1쇄 펴냄

지은이   추순희
펴낸곳   솔트앤씨드
펴낸이   최소영

등록일   2014년 4월 07일 등록번호 제2014-000115호
주소   121-270 서울시 마포구 구룡길 19 상암한화오벨리스크 B동 314호
전화   070-8119-1192
팩스   02-374-1191
이메일   saltnseed@naver.com
커뮤니티   cafe.naver.com/saltnseed
블로그   blog.naver.com/saltnseed

이 도서의 국립중앙도서관 출판예정도서목록(CIP)은 서지정보유통지원시스템 홈페이지
(http://seoji.nl.go.kr)와 국가자료공동목록시스템(http://www.nl.go.kr/kolisnet)
에서 이용하실 수 있습니다.(CIP제어번호: CIP2015033828)

ISBN 979-11-953729-5-9 (03810)

———

솔트앤씨드

솔트는 정제된 정보를, 씨드는 곧 다가올 미래를 상징합니다.
솔트앤씨드는 독자와 함께 항상 깨어서 세상을 바라보겠습니다.

숲은 번개를 두려워하지 않는다

15년간 숲 해설을 하며 자연에서 배운 삶의 지혜

추순희 지음

솔트앤씨드

스스로 그러함에는 이유가 있다

자연과 더불어 산다는 것은 커다란 축복입니다. 그러니 저의 삶 또한 축복이라고 생각합니다. 제가 살고 있는 곳은 월출산이 손에 잡힐 만큼 가까이에 있는 영암이라는 곳입니다. 달을 낳고 달을 품어 달을 띄우는

산이라 하여 월출산月出山이라고 부르는데, '남도의 소小금강'이라고 부르기도 합니다. 기암괴석의 절경들이 금강산을 축소해 놓은 것 같다 하여 붙여진 애칭이지요. 저는 이곳 월출산국립공원에서 자원활동自願活動을 하고 있습니다. 숲 해설과 사찰 해설을 하고 자연을 주제로 소규모 연극도 하며 다양한 일을 하고 있습니다.

제가 이곳에 살게 된 것은 결혼하던 해부터 지금까지니까 스무 해 하고도 더 오래 전의 일입니다. 앞도 뒤도 바라볼 수 없는 삶이 얼마나 빈한貧寒했는지 다시는 돌아가고 싶지 않은 청춘이기도 합니다. 사실 처음엔 이곳에 있는 월출산이 국립공원이라는 사실도 모른 채 십여 년의 세월을 보냈습니다.

그런데 어느 날 월출산국립공원에서 일반인을 상대로 자연학교 프로그램을 진행한다는 이야기를 듣고 저도 참여하게 되었습니다. 월출산에서 우리나라의 국립공원에 대한 상세한 설명을 들으며 국립공원의 확고한 이념을 알게 되었지요. 특히 미래 세대를 위한 국립공원의 역할을 이야기할 때는 완전히 매료되었습니다. 미래 세대를 위해 자연을 보존하는 일에 직접 참여할 수 있는 기회를 갖다니, 흔치 않은 일이었습니다.

제가 월출산을 처음 찾았을 때 이곳에는 신용석 소장님이란 분이 계셨는데, 그분의 열정적인 강의는 저를 흔들어 깨웠습니다. 식빵을 이용해 월출산의 생성 과정을 설명해 주시던 그분의 열정은 국립공원의 보존가치를 더 이상 읊조리지 않아도 될 만큼 강렬했습니다.[1] 그리고 슬라이드로 보여주는 국립공원의 진귀한 풍경과 물큰한 생명 이야기는 감동을 넘어 심장을 쩌릿거리게 만드는 데 많은 시간이 필요치 않았습니다.

그분의 강의를 듣는 동안 저는 국립공원이 추구하는 가치들에 공감하면서 그 중요성을 깨닫고 말았습니다.

삶을 변화시키려면 누군가의 손을 잡아야 한다고 하더군요. 국립공원은 저에게 손을 내밀었고, 저도 국립공원의 손을 붙들었습니다. 3개월 동안 일주일에 한 번씩 약 3시간 동안 월출산의 구석구석을 탐방하며 숲의 자연과 마주하였지요. 그곳에 거하는 생명들의 이야기를 통해 저는 다시 태어났고 심장이 환해지는 느낌을 받았습니다. 자연학교 프로그램을 마칠 즈음에는 훌쩍 성장한 '나'를 발견할 수 있었습니다.

지금도 저는 마지막 수료식을 하면서 발표했던 소감을 뚜렷하게 기억합니다. "시작은 미미하나 그 끝은 창대하리라!" 감히 성경의 한 구절을 인용했던 이유는 그때의 경험이 아니었다면 저는 그저 평범한 아줌마였을 것이기 때문입니다. 지금도 제가 자연을 주제로 글을 쓰고 있다는 사실이 그저 기적 같이 느껴집니다. 곤충 한 마리의 생태를 알게 되었을 때, 꽃 한 송이의 가치를 알아갈 때, 저 나무가 무슨 생각을 하고 있는지 말할 수 있게 되었을 때, 그 순간마다 느꼈던 환희와 행복을 세상 그 무엇과도 바꾸고 싶지 않습니다.

누군가에게 내가 알고 있는 것을 해설한다는 것은 무거운 책임이 따르는 일입니다. 그중에서도 사찰 해설은 정확한 사실을 바탕으로 하기 때문에 공부를 하지 않으면 감히 해설하는 자리에 설 수도 없습니다. 사찰을 종교로만 해설하면 무리가 따르고, 종교를 배제하면 싱거워집니다. 역사와 문화를 골고루 융합하면서 우리의 풍습을 가미해 이야기로 풀어가다 보면, 종교는 살리면서 우리의 역사를 알 수 있어 자연스럽고 무리가 따르지 않습니다.

해설하며 이러저러한 이야기를 구성하려면 어설픈 공부로는 어림도 없습니다. 그래서 이것저것 열심히 했고, 어느 새 저는 스스로 성장하는 공부를 하고 있더군요. 책임이 던져준 성장을 통해 행복의 맛을 알게 되었고, 이런 경험을 통해 '성취감'도 느꼈습니다.

그런데 사찰 해설보다 더 큰 어려움이 따르는 것이 자연 해설입니다. 동식물의 다양성만큼이나 외워야 할 이름도 많고, 개별적 존재이면서 하나로 이루어진 생태 전반을 아울러 이야기한다는 것이 결코 가볍지 않은 일이니까요. 게다가 자연 해설은 정확한 사실은 물론이고 최고의 감성을 뽑아낼 수 있어야 성공입니다. 사람의 마음을 훔치는 일이 그리 쉬운 일은 아니지요. 숲 탐방에 참여한 이들에게서 감성을 끌어낼 수 없다면 자연 해설은 그저 그런 해설이 되기 십상입니다.

흔히 '산에 간다'고 할 때 우리는 산을 타고 정상에 올라 아래를 내

스스로 그러함에는 이유가 있다

려다보는 즐거움만을 떠올리지요? 국립공원은 자연을 바라보는 우리의 방향을 변화시키고자 '자연관찰로'를 만들었습니다. 숲 탐방을 하며 자연을 들여다보고 교감할 수 있는 계기를 만든 것이지요. 산을 알기 위해서는 무조건 그 산의 가장 높은 곳에 오르면 된다고 생각하기 십상이었던 기존의 생각을 바꾸기 위한 노력의 일환입니다. 산을 정복의 대상으로 보는 것이 아니라 들여다보고 사랑해야 할 대상으로 보기 위한 것입니다. 산보다는 더 넓은 개념, 바로 '자연'의 개념으로 가기 위한 것이지요. 말로만 자연 보호를 외치는 것보다는 자연을 곁에 두어야 할 대상으로 바꾸어놓는 것이 훨씬 효과적인 조치입니다. 자연이 있어야 사람도 생존한다는 큰 개념을 그릴 수 있도록 돕기 위해 숲 탐방을 위한 자연관찰로는 조성되었습니다. 이곳에서 저는 자연 해설을 합니다.

자연 해설의 목적은 자연에 속한 모든 생명들을 통해 우리의 삶을 바라보고 그들과 우리의 삶에 공감대를 만들어내는 것입니다. 자연을 마음에 담아 결국 사랑하기에 이르는 매우 섬세한 작업이 이루어져야 합니다. 그래서 자연 해설은 더욱 무거운 책임이 뒤따릅니다.

전국 21개 국립공원에서 이 특별한 자원활동을 하고 있는 사람들이 약 900여 명 가까이 됩니다. 사실 자원활동가란 스스로의 의지에 따라 자발적으로 국립공원의 보호, 관리 등에 참여하는 사람들을 말합니다. 각각 분야는 달라도 저마다의 방법으로 자원봉사를 하고 있습니다.

저는 월출산국립공원에서 15년째 숲 해설(자연 해설)을 하며 자원활동가로 활동하고 있습니다. 우리나라가 보유하고 있는 최고의 자연경관은 모두 국립공원에 속해 있다는 점을 생각하면 자연 해설을 제대로 해내기 위한 노력을 절대로 게을리할 수 없습니다. 아무리 무료로 하는 자원봉사라지만 결코 가벼울 수 없는 마음입니다.

식물은 햇빛을 이용해 광합성을 하면서 이산화탄소를 흡수하고 뿌리에서 흡수한 물로 탄수화물(당)을 만드는 신비한 능력을 가지고 있습니다. 식물이 이처럼 신비한 능력을 발휘하려면 질소라는 양분이 반드시 필요합니다. 콩과식물은 뿌리혹박테리아로부터 질소를 얻는 대신 광합성으로 얻은 당을 뿌리혹박테리아에게 나눠줍니다. 광합성 작용을 할 수 없는 뿌리혹박테리아 역시 당이 반드시 필요하기 때문이지요.

우리는 이런 관계를 공생 관계라고 부릅니다. 서로의 가치에 가치를 합하면 이처럼 달콤한 공생 관계가 성립됩니다. 사람과 자연의 가치도 서로 합을 이루어 달콤한 공생 관계로 재구성되면 좋겠습니다. 저 또한 여기에 미력하나마 힘을 보태고 최선의 노력을 아끼지 않으렵니다.

부족한 제가 자연을 주제로 글을 쓰고 책으로 출간하기에 이르렀습니다. 국립공원에서 실시했던 자연 프로그램이 아니었더라면 저는 아직도 위태위태한 삶을 살아내고 있을지도 모릅니다. 저의 위태로웠던 삶 속에 '스스로 그러함엔 이유가 있다!'라는 자연의 방대한 키워드가 들어왔고, 자연은 저를 설득시켰습니다. "숲에서는 버릴 것이 하나도 없습니다. 존재하는 모든 것에는 이유가 있습니다. 당신 또한 그렇습니다."

그렇게 저의 삶은 달라졌습니다. 누구에게나 삶은 처음입니다. 그래서 모두가 서툴게 살아내고 있는지도 모릅니다. 서툰 몸짓으로 살다 보면 때때로 삶의 한계를 초월하는 노력이 필요할 때가 닥칩니다. 삶은 원래

그런 것이지요. 그러니 혼자서 견디는 삶으로 자신을 내몰지 말아 주십시오. 우리의 서툰 삶을 지탱해 줄 지팡이 하나쯤은 준비해 두었으면 좋겠습니다.

자연에서 얻은 귀중한 지혜가 저의 서툰 삶을 지탱해 주고 있듯이, 여러분도 지팡이가 되어 줄 그 무언가를 자연에서 찾아보면 좋겠습니다. 모든 사람이 자연에서 힐링하게 되는 건 아닐지도 모릅니다. 사람마다 취향이 다르고 추구하는 가치가 다르니까요. 하지만 생명은 자연으로 회귀되었을 때 가장 편안함을 느낀다고 합니다.

칠판이 녹색인 이유는 무엇일까요? 힘든 교육 과정을 가장 편안하게 승화시키기 위함입니다. 사람이 가장 편안함을 느낄 때는 숲으로 들어가 녹색의 패턴이 자신을 감싸고 있을 때라고 합니다. 처음엔 숲을 거부했던 사람이 나무를 부둥켜안고 눈을 감는 경우를 많이 봤습니다. 한

번도 실패한 적 없는 마음 해제! 오직 숲만 해낼 수 있는 능력입니다.

지금부터 저는 월출산국립공원 자연관찰로를 따라 15년 동안 숲에서 만났던 생명들의 이야기를 해드리려고 합니다. 일상을 힘들게 만들었던 생각들은 잠시 내려놓고 자연의 숲을 그저 느껴 보시기 바랍니다. 숲은 언제나 평온함을 주니까요.

마지막으로 저의 출간을 도와주신 솔트앤씨드 최소영 대표님께 진심으로 감사의 말씀 드립니다. 저에게 진정 무엇이 가치 있는 일인가, 물음을 던지게 하셨습니다. 그리고 월출산국립공원 직원들과, 함께 활동하고 있는 자원활동가 선생님들께도 감사의 말씀 올립니다. 저에겐 자연의 스승이셨던 분들입니다. 책에 실린 많은 사진을 촬영해 주신 한상식, 김병창 국립공원 과장님들, 그리고 얼레지 씨앗의 사진을 전해주신 자원활동가 김성주 선생님, 표지 제작에 아낌없는 지원을 해주신 이혜숙 예담은규방문화원 원장님께도 특별히 감사의 마음을 전합니다. 끝까지 응원을 아끼지 않은 가족과 저를 아껴주시는 많은 분들의 격려와 애정에 감사드립니다. 그 덕분으로 이 책이 세상으로 나오게 되었습니다.

억지로 꾸미지 않았을 때, 힘들이거나 애쓰지 않고도 순리에 맞게 저절로 된 듯한 상황일 때 우리는 "자연스럽다"라고 말합니다. 가치 있는 것이란 어떤 것일까요? 세상의 규격에 맞춘 행복을 좇는 것보다 자연스러운 '나'를 찾고 싶을 때, 우리는 그 해답을 자연에서 찾을 수 있음을 기억하십시오. 그것은 더할 나위 없이 멋진 경험일 것입니다.

숲 해설가 추순희

목차

3장 야성 野性

4장 흙으로 돌아감

5장 공존

제1장
생존과 전쟁

노루의 뿔이 아름다운 나무가 되다

노각나무

월출산 도갑사 자연관찰로를 성큼 들어서면 수많은 나무들 중에 사람의 눈을 단박에 사로잡는 매력덩어리 나무가 있습니다. 바로 노각나무입니다. 노루의 뿔을 닮아 녹각鹿角나무라고 불렸지만 음절이 변하여 노각나무가 되었습니다. 우리나라 남부 지역에 고루 분포되어 있어 꽤 대중성을 확보한 친구인데, 월출산에서도 전 지역에서 고루 자라고 있지요.

노각나무는 차나무과의 낙엽활엽교목으로 매우 크게 자랍니다. 노각나무는 회백색의 수피를 듬성듬성 벗으면서 황갈색 또는 적갈색의 새로운 수피를 보여줍니다. 마릴린 먼로가 지하철 통로의 바람에 치맛자락을 휘날려 섹시 심벌로 떠올랐다면, 노각나무는 조금씩 수피를 벗으면서 보여주는 묘한 에로 덕분에 숲속의 에로 배우로 등극하면서 숲의 섹시 심벌로 떠오르게 되었답니다. 월출산 도갑사 자연관찰로에서만 통용되는 은어이므로 다른 곳에서는 반드시 사용에 주의하시기 바랍니다.

배움에는 스승이 따로 없다

제가 자연 해설을 시작한 지 얼마 되지 않았을 때의 일입니다. 중학교 2학년 남학생들의 자연 해설 프로그램을 맡았습니다. 월출산엔 세 곳의 자연관찰로가 있는데, 저마다 특성이 있고 생태도 약간씩 다릅니다. 노각나무 꽃이 질 무렵인 그날의 숲 탐방은 도갑사 자연관찰로에서 이루어졌고, 이곳의 문지기 노각나무를 해설하고 있었지요. 저는 노각나무의 유래와 생태에 대해 열심히 이야기하고 있었습니다. 그때 갑자기 변

성기를 마치지 못한 둔탁한 저음의 목소리가 좌중을 흔들었습니다.

"선생님! 나무가 그렇게 옷을 벗으면 에로 나무네요!"

소년티를 벗지 못한 애매한 남성의 얼굴을 한 남학생이었습니다. 여드름 번질거리는 얼굴로 애매한 느낌의 미소를 날리던 그 학생을 포함해 또 다른 남학생들이 풍기는 애매한 느낌의 통렬하지만 야릇한 몸짓! 중2 남학생들이 키들거리는 이유? 좀 안다는 것이죠. 에로에 관해서.

"음 그렇지! 벗으니까 에로는 맞는 것 같은데 액션이 없으니 어쩌나?"

"괜찮아요, 선생님! 벗는 것만 봐도 후끈합니다."

제법 어른 흉내를 내고 있지만 아직은 소년이었습니다. 얼굴이 벌겋게 달아올라선 시선을 고정시키지 못하고 부끄러워했으니까요.

도갑사 자연관찰로에 있는 노각나무가 에로 나무로 등극함과 동시에 섹시 심벌이 되었던 날의 이야기입니다. 노각나무 이야기를 하면서 성性을 끄집어내게 될 줄은 꿈에도 생각지 못한 시나리오였습니다. 뜻하지 않은 결과로 인해 다음부터는 으레 자연 해설을 할 때 성을 자유롭게 이야기할 수 있게 되었습니다. 게다가 노각나무를 에로 나무로 부르면서 자연 해설의 폭은 한층 더 넓어졌지요.

배움에는 스승이 따로 없습니다. 세상 모든 대상이 스승이 될 수 있지요. 그때 어린 학생에게 또 한 수 배워 저를 키웠던 것 같습니다. 평범할 뻔했던 노각나무가 그때부터 달리 보이면서 수피를 벗을 때마다 속살을 엿보게 되었지요. 그리고 혼자서 키득거리기도 합니다. 노각나무는 남녀노소를 가리지 않고 모두의 로맨스가 된 것 같습니다.

19

생존과 전쟁생존과 전쟁

노각나무는 수피가 어찌나 매끈한지 마치 비단결처럼 부드럽다 하여
비단나무 또는 금수목錦繡木이라고도 합니다. 노각나무의 매끈한 수피는
세상 어떤 나무도 따라잡지 못할 만큼 매끄러운데, 수피를 벗으면 기하
학적인 도형이 새겨지면서 무늬를 만들어냅니다. 나무계의 '아티스트'라
고 해도 손색이 없을 만큼 수피에 새겨진 무늬는 아주 훌륭하지요.

노각나무의 꽃은 6월 중순경부터 핍니다. 차茶 나무과에 속하는지라 노각나무의 꽃도 차나무 꽃과 닮았습니다.[2] 하얀 꽃잎에 노란 수술들이 듬뿍 들어 있는데, 녹음이 짙어진 6월 중순경 노각나무의 꽃은 몰래 피고 몰래 지는 것으로 유명하지요. 꽃보다 수피가 더 아름다워 요즘은 관상수로 각광을 받고 있기도 합니다. 매끈한 피부에 잘빠진 몸매가 겨울이 되면 더 돋보이는데, 노각나무의 수피가 벗겨질 때 매끈한 황갈색과 적갈색은 노루의 뿔색과 같다 하여 노각나무라는 이름을 얻게 되었지요.

그의 이름엔 한국이 있다

지구상엔 7종의 노각나무가 있지만 한국의 노각나무가 그중 가장 아름답다고 합니다. 그래서 전 세계 식물도감에 당당히 이름을 올리고 있습니다. 학명이 '스튜어티아 코리아나 나카이Stewartia koreana NAKAI'라는 이름으로 등재되어 있습니다. 영국 학자의 이름과 일본 학자의 이름이 동시에 포함되어 있는데, 이처럼 한국의 고유종이 외국 이름을 가지고 있는 경우가 종종 있습니다. 일제 강점기에 한국의 많은 고유종들은 학명에 등재돼 있지 않은 경우가 많았는데, 이것을 일본 학자가 자신의 이름을 달아 학명으로 삼았기 때문이지요. 인간의 문명사로 인해 자연사를 지켜내지 못한 아쉬움이 남는 부분입니다.

그런데 노루라는 동물은 우리 조상들에게는 친숙한 동물이었던 모양입니다. '노루발'이라는 이름의 풀을 비롯해 '노루귀'라는 이름의 풀이 있는가 하면 '노루궁뎅이'라는 이름의 버섯까지 있으니, 노루는 가히 이름 장사를 해도 수입이 짭짤할 정도입니다.

노루라는 동물을 살펴보면 검은 눈망울에 슬픔을 가득 담고 있는 듯 유순한 모습이 마치 우리 민족과 닮아 있는 것 같기도 합니다. 아마도 우리 조상들은 노루에게 우리 민족과의 동질성을 느끼지 않았을까 싶습니다.

노루귀

노루발

세상을 껴안는 참나무의 한수
참나무

서걱서걱

바삭바삭

바람이 나뭇잎을 데려가며

들려주는 나뭇잎의 마지막 소리.

하나 둘 나뭇잎을 떠나보내는

참나무 애미의 애끓는 소리

뚜욱뚜욱.

쩍쩍 벌어진 수피 사이로 속울음 게워냅니다.

참나무의 쩍쩍 갈라진 수피 사이로 겨울비가 흘러내립니다. 나뭇잎을
모조리 떨궈낸 참나무에게는 이제부터 견딤의 시간만 남았습니다. 흘러

내리는 빗줄기와 거친 눈보라 그리고 상고대라는 혹독한 얼음서리까지. 생명의 출렁임으로 화려했던 시간을 모두 내려놓고 거친 환경과 한판 떠야 하는 시기가 바로 겨울입니다. 나무에게 깊은 나이테 하나를 남기는 겨울은 그만큼 힘이 드나봅니다. 고통과 인내가 없는 성장은 드물지요. 나무도 사람의 성장과 크게 다르지 않습니다.

화려했을 지난 여름, 찬란했던 지난 청춘.

사람과 나무의 성장은 기어이 깊은 상처 한 줄을 새겨야만 가능한가 봅니다. 나무는 나이테를 만들어 성장을 인식하고, 사람은 생각의 골짜기를 하나 더 가짐으로써 더 큰 어른으로의 성장을 인식합니다.

진짜 나무의 원대한 기다림

그런데 나무는 강요당하는 성장을 겪는 것이 아닙니다. 그래서 나무는 생김생김이 모두 제각각입니다. 빽빽한 숲속의 나무는 날씬이가 많고, 험준한 바위에 걸터앉은 녀석은 작고 볼품없이 뒤틀려 있긴 하지만 온몸으로 자신을 표현하는 데는 부족함이 없습니다.

강요받는 성장은 자기己가 없습니다. 자기가 없는 성장은 가치 실현에 실패가 잦습니다. 실패의 횟수가 잦아질수록 자아존중감도 함께 추락하지만 해법은 요원하기만 합니다. 온몸으로 세상과 마주하며 온몸으로 세상을 껴안는 대단한 과감성이 있는 곳. 월출산 도갑사 자연관찰로 참나무 숲에서 저는 추락하는 우리의 자존감을 찾아볼까 합니다.

우리가 흔히 알고 있는 참나무는 도토리라는 열매로 더 친근합니다. 4월이 되면 꽃이 먼저 피고 나뭇잎이 그 뒤를 이어 피어나는데, 참나무의 은근한 양보심은 지표를 낮게 덮고 있는 지피식물에겐 큰 도움이 됩니다. 그래서 참나무의 숲은 이른 봄부터 꽃을 피워내는 지피식물로 인해 아주 풍성한 숲이 됩니다. '진짜 나무 참나무'라는 별칭은 그래서 생겨났는지도 모르겠습니다.

인忍의 미덕이란 무엇일까요? 오직 생존의 경쟁만 가득한 자연에서 과연 그것이 가능한 것인지 의문이 생기지만, 이른 봄 참나무 숲 바닥에 피어나는 수많은 봄꽃들이 그 대답이 됩니다. 낮은 땅바닥에서 삶의 터전을 잡고 있는 지피식물의 씨앗이 여물어야 참나무는 잎을 냅니다.

참나무의 꽃은 수정을 마친 뒤 도토리라는 열매로 흔적을 남기는데,

지피식물 씨앗이 여물어야 참나무는 잎을 낸다. 참나무가 양보한 봄의 숲.

참나무꽃과 졸참나무 도토리

이때부터 참나무의 진짜 이야기가 시작됩니다. 여분의 씨앗! 자연의 방대함에 좌절치 않는 대범함, 그 대범함이 빚어낸 걸작품이 바로 참나무 숲입니다. 도토리 열매가 떨어져 한 그루의 참나무가 될 가능성은 몇억 분의 1이라고 합니다. 그야말로 포기된 가능성입니다. 그 가늠되지 않을 가능성을 위해 한 해 또 다음해 언제나 여분의 씨앗을 맺고 떨어뜨리는 참나무의 인내심은 사람의 일이 아니라서 가능한지도 모릅니다.

가을이 되면 참나무의 열매들이 하나 둘 지상으로 떨어져 내립니다. 나무에겐 기약 없는 이별이지만 다람쥐에겐 겨울을 약속하는 희망입니다. 도토리 속에 몰래 잠입해 있는 벌레들에겐 생존의 확률이 더 확보되지만, 도토리에겐 좌절된 희망입니다. 사람들에게 도토리 열매는 시시한 별미지만 참나무에겐 결코 시시할 수 없는 엄숙한 희망입니다.

모든 것을 내어주고 차가움 가득한 겨울 앞에 서 있는 참나무. 헐벗은 몸으로 그 견딤의 시간 속에 고독한 성장의 나이테를 새기고 있건만 사람들은 무심합니다. 사람들이 지나는 길목에 침묵의 가르침이 절절한데, 무심한 사람들은 알지 못합니다.

참나무의 자존감은 무엇을 잃고 얻음에 있지 않습니다. '여분의 씨앗'을 통해 '모두를 위해'라는 방식으로 세상 속에 서 있습니다.

자신을 지킴으로써 모두의 성장을 이끌고

자존감Self-esteem은 말 그대로 자신을 존중하고 사랑하는 마음입니다. 스스로 가치 있는 존재임을 인식할 때 인생의 역경에 맞설 수 있으며 자신의 노력에 따라 삶의 가치가 창출됩니다. 만약에 참나무가 여분의 씨앗을 그저 삿私된 희망으로 규정지었더라면 참나무 숲에 깃들고 있는 수많은 생명들에게 삶이란 '주어지지 못한 삶'이 되었겠지요. 참나무가 자신의 가치를 믿고 자신의 노력을 스스로 존중했기에 참나무는 숲을 이루었고 그 숲이 자연이 되었습니다. 그리고 자연은 다시 참나무의 희망에 햇볕과 양분을 만들어주고 모두의 생명에 가능성을 부여해 주었습니다. 도토리에게 벌레의 습격은 허망한 봄이지만, 벌레에겐 또 다른 생존입니다.

오늘의 가능성으로 내일을 준비하는 참나무의 가르침은 그리 가볍지

벌레의 습격, 그리고 허망한 봄

않습니다. 그 가르침을 알아차리지 못해 가벼움이 된 것이지요. 온몸으로 세상과 마주하며 온몸으로 세상을 껴안고 그 세상 속에 온전히 자신을 내어놓았을 때, 성장의 골짜기가 만들어지고 나무는 나이테를 키울 수 있습니다.

사람의 길에 서 있는 참나무에게 그냥 흔한 참나무라고 부르지 마세요. 절대로 흔하지 않습니다. 참나무 한 그루가 다른 참나무 한 그루를 만들기 위해 얼마나 많은 여분의 씨앗들이 희생되었을지 누구도 가늠할 수 없습니다. 참나무의 넉넉함으로 우리는 숲의 풍요를 누리고 있습니다. 참나무를 만나면 무심히 지나치지 마시고 수피라도 한번 어루만져 주세요. 진심 어린 격려도 잊지 마세요.

월출산 도갑사 자연관찰로 입구에 줄지어 서 있는 참나무가 숲을 이루고 있습니다. 개체수가 늘지도, 그렇다고 줄어들지도 않았지만 해마다 도토리를 어김없이 내어주는 참나무가 있습니다. 포기된 희망이 아니라 절대적 희망의 힘. 진짜 나무 참나무의 자존감입니다.

전쟁의 기술 Ⅰ
참나무 2

숲은 매일이 전쟁터인 동시에 공존의 합이 언제나 성립되는 곳입니다. 모두가 개별적 존재로 각자의 삶을 살 수도 있지만, 그렇지 못할 경우가 더 많습니다. 식물에 의지하며 사는 동물과 곤충이 그런 경우에 속하는데, 이들의 가장 큰 장점은 '이동'할 수 있다는 것입니다. 그 최고의 수단을 갖고 있기에 전쟁은 피하고 공존만 선택할 수 있다는 이점이 있습니다. 축복인 동시에 결정적 약점이 될 수 있는 조건입니다.

식물에게 물어보면 동물의 조건을, 동물에게 묻는다면 식물의 조건을 따르고 싶을 겁니다. 동물은 먹이 걱정을 하지 않는 식물이 부럽고, 식물은 움직이는 동물이 부러울 겁니다. 결국 동식물 모두 최상과 최악의 조건을 동시에 가진 셈입니다.

사람의 입장에서도 우선 의식주가 자연스럽게 해결되는 식물이 부럽긴 합니다. 인간답게 살겠다며 품고 있는 수많은 욕구들에서 벗어나면 삶의 구현이 훨씬 간결할 듯합니다.

우리는 흔히 삶을 전쟁이라고 표현합니다. 생존의 방식은 다르지만 삶의 주도권을 잃지 않으려면 어떤 방식으로든 전쟁은 피할 수 없는지도 모릅니다. 전쟁은 반드시 상대가 있기 마련인데, 정복당하느냐 마느냐는 오롯이 자신의 몫이 됩니다. 약점이 많을수록 상대는 강해지고 패전의 그림자는 짙어집니다. 생존의 전쟁에 있어 패전은 곧 죽음이며, 승자는 삶을 곤고히 다져갑니다.

나무 전쟁 4파전, "강한 것이 아름답다"

전쟁의 현장에서는 전략과 전술이 그 승패를 좌우합니다. 월출산 도갑사 자연관찰로의 참나무 숲을 지나 약간 경사진 곳에 이르면, 이 분야 최고의 전략가를 만날 수 있습니다.

어느 날 둘레가 1m도 안 되는 곳에 네 종류의 나무가 서식하게 되었습니다. 때죽나무, 소나무, 참나무, 물푸레나무가 그 주인공들입니다. 숲은 어떤 생명이라도 안아줄 수 있는 관대함이 있지만, 모두를 살리는 관용은 없는 것 같습니다. 특히 다른 종의 나무들이 격돌했을 때는 자리다툼이 심합니다. 나무는 몸집이 크기 때문에 많은 공간이 필요한 탓입니다.

생존을 위한 전쟁은 무섭습니다. 하나의 패에 모든 것을 걸어야 합니다. 오직 빠른 성장만이 승리를 가져다주는데, 네 종류의 나무 중에 성장이 가장 빠른 나무가 이곳의 주인으로 남겠죠.

이동을 하지 못하는 최악의 조건에서 나무는 전쟁에 내몰립니다. 그러나 전쟁에서 패한 나무는 다시 새로운 생명을 잉태하지요. 숲은 그렇게 전쟁과 공존의 양면성을 숨기지 않습니다. 그것이 충실한 자연의 모습이기도 하지요.

사강구도의 전쟁을 치르고 있는 이곳 나무들의 전략과 전술이 어떤 결과를 낳게 될지 아직은 모르지만, 그들의 삶을 통해 승자를 예측해 보는 것도 자연을 알아가는 큰 즐거움이 될 겁니다.

생존과 전쟁

먼저 최고라는 찬사가 아깝지 않을 참나무의 전략으로 이야기를 시작하겠습니다.

참나무는 화력이 좋기 때문에 옛날 사람들은 참나무를 베어다가 땔감으로 많이 썼습니다. 성장이 빠르고 번식도 남다른 참나무에게는 사람이 천적이었던 셈입니다. 그러나 보일러로 물을 데우는 지금 사람들은 땔감을 구하자고 참나무 숲에 들어가진 않습니다.

참나무는 여러 종류가 있지만, 이곳의 참나무는 갈참나무에 가깝습니다. 참나무는 변종이 많다 보니 딱히 이것이다, 정의 내리기가 어려운 경우가 있지요.

참나무는 최고의 전략가이며, 숲의 경쟁에서 절대 밀리지 않는 우월함이 있습니다. 참나무의 우월성을 말하자면, 일단 나뭇잎이 큽니다. 나뭇잎이 크다는 것은 햇빛과의 조우遭遇가 유리하다는 것을 의미하지요. 그러니 다른 나무에 비해 눈에 띄게 성장 속도가 빠를 수밖에요. 참나무는 주변 환경에 따라 가지를 만들기도 하고 가지를 줄이기도 하는 탁월한 능력을 바탕으로 키를 키우기 때문에, 설령 출발이 늦었다고 해도 큰 문제가 되지 않습니다.

최고의 전략으로 무장되어 있는 참나무는 강해지기 위해 노력을 아끼지 않습니다. 그래서 강한 것이 아름다운지도 모릅니다. 최고의 장점입니다.

때죽나무, 물푸레나무, 소나무, 그리고 갈참나무의 잎. 햇빛을 모아 성장 동력을 만드는 원초적인 힘의 근원이 나뭇잎이다. 단연 갈참나무가 으뜸.

다음 주인공은 때죽나무입니다. 그 열매를 찧어 물에 풀어 놓으면 물고기가 잠시 기절을 해서 허연 배를 위로 치켜들며 물 위로 떠오릅니다. 그 모습이 물고기가 떼를 지어 죽는 것처럼 보였기에 때죽나무라는 이름으로 부르게 되었습니다.

때죽나무는 참나무처럼 큰 교목으로 자라지는 않지만 생명력이 뛰어납니다. 하지만 갈참나무보다 잎이 작아 광합성 작용에서 밀릴 수 있습니다. 햇빛 장악능력이 떨어지다 보면 자연스럽게 성장이 지연될 것입니다.

사람이 숲의 전쟁터에서 승자를 제대로 파악하려면 사람의 눈높이가 아니라 위쪽을 봐야 합니다. 누가 햇빛에 더 가까이 가 있는지 살펴보면 승자를 예측할 수 있습니다. 때죽나무를 보면 대부분 곧게 자라지 않고 성급히 가지를 벌려 키우고 있습니다. 햇빛보다 공간에 더 집착하는 모습입니다. 공간에 대한 집착 때문에 소중히 확보돼야 할 공중 장악력은 한 번 더 힘을 잃고 말았습니다.

더 중요한 것을 보지 못하고 눈앞의 것에 집착하는 것은 사람의 일이나 나무의 일이 서로 다르지 않은 것 같습니다. 약점을 극복하지 못하고 더 많은 약점들을 노출시키며 스스로 자멸하는 꼴을 때죽나무가 보여줍니다. 갈참나무에게 힘에서 밀리고 햇빛 장악력에서 밀리다 보니, 마치 때죽나무가 갈참나무를 물어뜯고 있는 것처럼 보이긴 합니다. 하지만 일단 몸집만 봐도 때죽나무의 패배는 자명한 사실입니다. 상대를 위협할 수 없는 집착은 약점이지요. 아주 큰 약점입니다.

위쪽을 봐야 전쟁의 승자를 예측할 수 있다. 햇빛을 향해 더 위로 뻗어 있는 나무는 어느 쪽일까?

생존과 전쟁

세 번째 주인공은 물푸레나무입니다. 물푸레나무는 단단한 목질이 일품인데, 주로 농기구를 만들 때 사용되었다고 합니다. 옛날 서당에서는 싸리나무와 같이 회초리로 사용되기도 했고, 관청에서 죄인을 심문하거나 벌을 줄 때 사용되기도 했던 나무입니다.

그런데 물푸레나무로 농기구를 만들려면 성형 작업을 해야 한답니다. 목질을 부드럽게 하기 위해 물에 담궈놓으면 물푸레나무가 가지고 있는 고유의 성분들이 물에 녹으면서 물이 푸른빛을 내기 시작하지요. 그래서 시작된 이름이 물푸레라고 합니다. 물이 푸레진다고 하여 물푸레나무! 귀하고 값진 이름입니다. 이 물푸레나무도 교목으로 자랄 수 있는 큰 나무입니다.

하지만 이곳의 물푸레나무는 어쩐지 교목으로서의 존엄성을 부여받지 못할 듯합니다. 이미 다른 나무들의 삶이 시작된 후에 들어왔을 것으로 추정되는데, 그래서인지 이곳의 물푸레나무는 곧게 자라지 못했습니다. 참나무의 견제를 조금이라도 피하기 위해 몸 전체가 기울어 있습니다.

환경을 껴안고 부딪치지 않으면 잃는 것이 더 많아집니다. 나무가 곧게 자라지 못한다는 것은 이미 자신의 삶을 조금은 내어준 결과입니다. 전략이 통하지 않을 것 같습니다. 물푸레나무의 전략은 이것저것 걸리는 게 많아 바닥에 들러붙는 얄팍함으로 전쟁터에서 시야가 흐려져 버렸고, 그 때문에 패전의 위기를 떨칠 수 없게 되었습니다. 결국 꼼수는 약점입니다.

소나무는 이미 전쟁에서 패배했다. 수세에 밀린 때죽나무는 참나무를 물어뜯는 것처럼 보이고, 물푸레나무는
슬쩍 몸을 피하는 꼼수를 부리고 있다.

생존과 전쟁

숨고르기, 성장이 폭발한다

마지막으로 네 번째 주인공은 소나무입니다.

몇 해 전까지만 해도 어렵지만 포기된 삶은 아니었습니다. 그런데 지금은 고사枯死되어 앙상한 가지들을 숲에 맡겨놓았습니다. 한창 전쟁을 치를 때 키웠을 조밀한 가지들은 소나무의 삶을 말해주고 있습니다.

소나무는 연중 푸른 잎을 가지고 있어 상록수라고 합니다. 사철 푸른 잎 덕분에 옛 선비들에게 사랑도 많이 받았고, 귀한 대접을 받으며 나라에서 관리를 받았을 정도죠. 소나무는 목재에서 풍기는 나무의 향이 어찌나 그윽한지, 옛 선비들은 살아서나 죽어서나 그 본연의 향기를 간직할 수 있는 기개를 추앙했을 것입니다.

그러나 역시 영원한 것은 없나 봅니다. 사철 푸른 잎 덕분으로 사람들에게 관심을 받았고 목재로서의 활용가치가 뛰어나긴 하지만, 경쟁을 하는 숲에선 이 점이 가장 큰 약점이 됩니다.

나뭇잎을 모두 내어주고 한겨울 숨을 몰아쉬며 성장을 기다리는 활엽수와 달리, 소나무는 사계절 푸른 잎을 지탱하기 때문에 에너지를 응축할 수 없습니다. 그러니 자연스럽게 성장의 폭발력이 떨어집니다.

웅크린 개구리가 멀리 뛴다고 했습니다. 소나무는 개구리에게 족집게 과외라도 받아야 할지 고민이 됩니다. 설사 그 약점을 보완한다고 쳐도 소나무의 남다른 씨앗 사랑이 있는 한 전쟁에서의 패배는 어쩔 수 없어 보입니다. 소나무는 약점을 숙명으로 받아들이는 고결함으로 삶을 견딜 것입니다.

활엽수는 베어내고 소나무만 가꿔주는 선비들은 지금 우리 곁에 없습니다. 소나무를 아끼고 보존하는 선비가 사라진 이상 소나무는 그 가치를 상실당했습니다. 사람의 개입이 사라진 숲은 자연의 숲일 뿐입니다. 사람에게 사랑받는 것보다 상대에게 두려움의 대상이 되는 편이 숲에선 더 쓸모가 있습니다.

전쟁에서 상대를 두렵게 할 수 있다면 이미 절반의 승리를 약속받은 셈입니다. 겨울에 숨고르기를 하는 낙엽 활엽수는 상록수에게 이미 두려운 존재가 되었고, 그 두려움을 극복하기 위해 안간힘을 썼지만 결국 소나무는 패배해 찬란했던 삶을 자연에 내려놓았습니다.

소나무는 지금 사강구도에서 일찍이 강제 타살을 당한 뒤 서서히 자신의 흔적을 지우고 있는 중입니다. 몸뚱이는 이미 벌레들의 서식지가 되었고, 버섯은 그의 몸을 조각조각 나누어 흙에게 돌려줄 것입니다. 흙은 다시 양분으로 저장되고, 그 양분은 참나무와 때죽나무, 물푸레나무가 나누어갖고 그들의 전쟁에 필요한 도구로 쓸 것입니다.

소나무가 품었을 천년의 꿈이 이렇게 사위어 가고 있습니다. 그렇지만 숲은 꿈쩍도 하지 않습니다. 꿈이 사라지고 다시 모이기를 반복하는 숲은 누군가의 꿈이 아닌, 모두의 꿈을 꾸는 공존의 숲이니까요.

매일같이 새로운 생명이 탄생하고 매일처럼 생명이 소멸되는 숲은 공존을 위한 전쟁터입니다. 사람들의 전쟁터는 폐허가 되지만 숲의 전쟁터는 새로운 생명에게 가능성을 열어주는 희망의 전쟁터입니다. 살아간다는 것은 내일을 모르기 때문에 가능합니다. 참나무와 때죽나무, 물푸레나무도 내일의 일에 오늘을 맡기진 않습니다. 오늘의 삶을 통해 그들은 내일을 찾아갈 것입니다. 패전의 그림자가 짙어질수록 삶의 욕구는 더 증폭될 것이며 증폭된 힘은 씨앗에 담겨지겠죠. 그 씨앗이 세상과 한판 전쟁을 치를 때쯤엔 증폭된 삶의 욕구가 훌륭한 전략으로 다시 태어났으면 좋겠습니다.

어느 날 씨앗이 대지의 품에 안기거든 어미가 새겨놓은 전쟁의 기술을 읽었으면 좋겠습니다. 사람의 아이도 부모가 일러준 세상의 법칙들을 모르는 체하지 않습니다. 삶은 전쟁이라고 입버릇처럼 말하지만 정작 싸우는 방법을 제대로 알지 못하기 때문입니다.

"사람들은 하나같이 방법을 모르는 채 뭔가를 원한다. 가장 흥미로운 것은 자신이 원하는 바를 달성하는 방법을 아는 사람이 하나도 없다는 사실이다. 하지만 나는 내가 원하는 것과 상대방이 원하는 것을 알고 있기 때문에 완벽한 준비를 갖출 수 있었다."

클레멘스 폰 메테르니히의 어록 중에서

천년 꿈의 시작

소나무

대지에 뿌리를 내린 어린 소나무에게 첫 겨울이 찾아왔습니다. 존재 감이란 바로 이런 것 같습니다. 주변의 눈을 녹이면서 자신의 존재를 드러내는 소나무. 존재에 대한 자기인식이 뚜렷한 어린 소나무는 세상을 온전히 자기의 것으로 받아들입니다. 두려움 없는 자신감은 이미 천년의 시간을 살아낸 듯합니다.

어린 생명에게 겨울이 처음이라는 것이 그저 놀라울 따름입니다. 완전한 힘을 자기 안에 담아 그 힘을 사용하는 능력이 기적처럼 느껴지기도 합니다. 보살핌과 교육을 통해 세상을 살아내는 훈련을 받는 인간들의 세상이 조금은 무색해지기도 하네요.

획일화된 교육 때문에 사람들은 자아의 정체성도 삶의 의지도 무력해지는 건 아닌지 모르겠습니다. 배움의 기간은 길어지고 보살핌의 시간이 늘어났지만, 강해지기는커녕 점점 더 약해지는 젊은이들의 현실을 보노라면 참으로 안타깝습니다. 교육의 본질이 조금은 의심스러워지는 부분입니다.

그 옛날 돌도끼만 들고 짐승을 사냥하며 살던 사람들, 사냥만 잘해도 삶이 가능하고 생존에 문제가 되지 않았을 시절의 사람들에게 저는 묻고 싶어집니다.

"삶이 두렵습니까? 사냥을 잘하는 옆 사람 때문에 불행하다고 느낀 적이 있나요? 생을 강제로 마감하고 싶은 생각이 가끔 드는지요?"

우리는 잘살기 위해 교육을 받고 그것을 바탕으로 행복해지기 위해 살고 있지만, 정작 우리의 교육은 행복의 기준점을 '나에게 찍어주지 않습니다. 사회의 기준에 맞게 규격화된 사람으로 만들어놓아야 안심을 합니다. 물질의 풍요는 있으나 삶은 더 불행해지고 사회적 성공은 이루 었지만 자기 안의 행복은 요원하기만 하지요. 내 안의 기준점은 사라지 고 사회의 기준점에 미치지 못하면, 당연히 정체성도 미약해지고 삶은 즐거움보다 두려움이 됩니다. 존재감은 무력화되고 두려움이 다가올 때 세상의 모든 파고는 시련이 됩니다.

저 어린 소나무도 겨울은 시련입니다. 비단 혹한의 겨울만 시련은 아 닙니다. 단언컨대 어린 소나무는 대지에 뿌리를 내린 순간부터 시련의 늪에서 자유로울 수 없습니다. 생의 전반이 시련의 연속이자, 삶을 위협 하는 모든 자연 환경들이 생과 사의 경계를 넘나들게 할 것입니다.

당장 이른 봄부터 시작될 숲의 경쟁부터 벌써 저 어린 소나무가 감당 하기에 벅찬 시련이 될 것입니다. 오히려 눈 덮인 겨울의 시련은 그저 하 품처럼 가볍지요. 넝쿨 식물에게 어린 몸뚱이를 잡히기라도 하는 날엔 천년 세월의 꿈은 아련해질 것이며, 다년생 식물이 커다란 잎으로 햇빛 을 차단한다면 바람에게 햇빛을 동냥질해야 하는 처참한 꼴이 됩니다. 그래도 이런 동냥질은 축복에 가까운 시련에 속합니다. 아직은 천년 세 월을 꿈꿀 수 있으니까요. 만약 옆 자리에 활엽수(넓은잎나무)라도 자라게 된다면 어린 소나무는 가망 없을 꿈을 위해 하루하루를 견뎌내야 합 니다. 꿈이 멀어지는 고통과 아픔을 기억해야 합니다.

'그럼에도 불구하고!'

소나무는 하루하루를 천년처럼 버틸 것이며 변함없이 생명의 의지를 놓지 않을 것입니다. 혹한의 겨울에 쌓인 눈을 두려움 없이 녹여내고 자신의 존재를 드러내듯, 넝쿨식물에게 몸뚱이를 잡혀 시름할지언정 결코 포기할 수 없는 생명의 가능성들을 붙잡을 것입니다. 햇빛을 바람에게 동냥질하는 처참한 꼴이 될지라도, 곧 바람의 중요성을 깨닫게 될 것입니다. 활엽수와의 전면전이 펼쳐진다 해도 어김없이 꽃을 피우고 솔방울을 만들 것이며, 그 씨앗에 천년의 기약을 심어 놓겠지요.

탁월함이 조건을 만날 때

그런데 식물이 씨앗을 옮겨 천년 세월을 기약하는 일이 그렇게 쉬운 일은 아닙니다. 특별한 비법이 있지 않으면 비범은 평범으로 전락하고 말지요.

소나무는 아직도 원시의 방법을 고수하는 보수적인 식물이기도 합니다. 소나무는 5월 초에 꽃을 피우는데, 암수가 한 그루인 소나무는 바람을 매개로 수정을 합니다. 새로 만든 가지 맨 끝 위에 암꽃을 피우고

수정을 마친 연보랏빛 솔방울이 달려 있다.

아래 부분에 수꽃을 피우는데, 수꽃이 열흘 정도 더 빨리 피고 암꽃이 그 뒤를 잇습니다. 암꽃과 수꽃이 피는 시기를 달리하는 것은 자가 수분受粉을 원천 봉쇄하려는 의도입니다. 이것이 바로 천년 세월을 꿈꾸는 소나무의 첫 번째 전략입니다.

암꽃이 가지 위 맨끝에 있는 것은 바람에 날려온 다른 소나무의 꽃가루를 받기 위한 일종의 전략입니다. 만약에 있을지 모르는 자가 수분의 위험을 제거하는 동시에, 수분의 성공률을 극대화하는 가장 안전한 방법을 꾀하는 것입니다. 놀랍고 경이로우며 신비스럽습니다.

수분受粉을 마친 암꽃은 연보랏빛 솔방울로 변하기 시작하는데, 이때 씨앗을 감싸줄 비늘을 만들기 시작합니다. 이것을 우리는 인편鱗片이라고 부르는데, 물고기의 비늘 모양을 닮아 생긴 이름입니다. 우리 조상들의 자연 들여다보기가 얼마나 고품격인지 어깨가 들썩여질 정도이지요.

수분을 마친 어린 솔방울은 단단한 인편이 유착되어 전체적으로 밀폐되어 있습니다. 식물 중에 수정受精 기간이 오래 걸리는 것이 솔방울인데, 6개월가량 수정 기간을 거쳐 서서히 씨앗이 되어갑니다. 수분이 된 꽃가루를 장시간 껴안고 있자면 어린 인편들은 철통같은 엄호로 신혼의 단꿈을 지켜내야 합니다. 아름다운 인내와 견고한 철학은 천년 세월의 꿈을 담기에 충분한 조건입니다.

그런데 소나무는 그 인편 하나하나에 정교한 과학적 방법을 담아 놓았습니다. 인편의 조각들 안쪽에서는 선 굵은 여러 줄의 섬유질을 다듬기 시작합니다. 정교함은 이루 말할 수 없으며 그 쓰임새를 알고 나면

날개가 달린 소나무 씨앗

땅에 떨어져 있는 솔방울을 주워 인편의 껍질 부분을 부스러뜨려 보면 안쪽에 숨겨져 있는 굵은 섬유질을 볼 수 있다.

지금껏 무심히 지나쳤던 솔방울을 그저 사랑할 수밖에 없습니다. 감히 소리조차 끄집어낼 수 없는 탄성이 온몸을 전율케 합니다. 솔방울은 점점 커지면서 밀착됐던 인편의 조각들이 하나의 개체가 되고, 그때부터 천년 세월의 꿈은 소중히 펼쳐집니다.

소나무의 씨앗엔 날개가 있습니다. 믿지 못하시겠다고요? 소나무의 씨앗에는 분명히 날개가 있습니다. 하지만 퍼덕이는 새의 날개는 상상하지 마세요. 아마도 소나무와 바람의 동맹은 변하지 않을 불멸인가 봅니다. 소나무 꽃가루(수꽃)에는 공기 주머니[3]가 있어 바람을 타고 왔다면, 이번엔 씨앗의 날개가 바람의 덕을 봅니다.

야물 대로 야물어진 소나무의 씨앗은 이제 작별을 준비합니다. 천년 세월의 꿈을 자신의 몸에 품고 시련의 세상이 펼쳐줄 한세상 살기 위해 과감히 떠나야 합니다. 이때 솔방울은 씨앗을 떠나보내기 위해 고이 접었던 인편을 펼칩니다. 햇빛이 맑고 적당한 바람이 부는 날을 솔방울은 좋아합니다. 씨앗이 먼 곳까지 퍼지게 하려는 의도가 다분하지요.

서서히 바람이 불기 시작하면 씨앗은 인편을 빠져나와 허공을 잠시 유영하는데, 이때 씨앗에 날개가 왜 필요한 것인지 알 수 있습니다.

매일 햇빛 좋고 바람 부는 날만 있을 순 없지요. 가끔 비도 내려야 합니다. 후두둑! 비가 오네요! 비가 와요! 솔방울엔 빨간불이 켜지고 인편에 장착되었던 굵은 두 줄기의 섬유질이 서둘러 인편을 접어들입니다. 행여 씨앗이 비에 젖게 된다면 썩거나 씨앗의 날개가 손상되기 때문이지요.

물에 젖은 솔방울이 물기가 마르면서 다시 활짝 열리고 있다.

생존과 전쟁

독자 여러분들도 솔방울을 주어다 물속에 담궈 보세요. 활짝 펼쳐졌던 솔방울들이 서서히 인편을 접는 놀라운 장면을 목격하게 될 것입니다. 그리고 다시 솔방울을 물에서 건져 말려보면 또 다른 경이로움을 느끼게 될 겁니다. 물기가 마르면서 솔방울은 다시 활짝 열립니다.

바람에 자신감을 싣고

바람! 떠돌이 바람!

불 수도 있고 안 불 수도 있는 그런 바람에 의존해야 하는 소나무. 천년의 희망이 잉태되는 순간도, 천년의 희망이 삶을 향해 떠날 때도, 그리고 삶이 시작된 어린 소나무가 키 큰 나무들에게 햇빛을 빼앗길 때도 여지없이 바람이 돕는 걸 보면 생명이란 반드시 조력자가 따르게 마련이라는 소중한 진실을 알 수 있습니다. 소나무가 여과 없이 바람에게 천년의 꿈을 맡기듯 우리도 세상과 사람을 믿어야 합니다.

존재감이란 바로 이런 것이 아닐까요? 세상으로부터 던져지는 수많은 고난과 시련 따위 두렵게 생각지 않는 것. 어린 소나무가 주변의 눈을 녹이면서 스스럼없이 자신을 드러내듯 오직 오늘의 삶에 집중하며 내일의 걱정을 오늘에 올려놓지 않는 쿨한 자신감을 가져보십시오.

사실 어린 소나무가 견뎌낼 삶의 고통은 우리가 겪는 삶의 고통보다 훨씬 방대합니다. 그럼에도 불구하고 어린 소나무는 자신의 존재를 있는 그대로 드러내며 거친 세상과 마주하고 서 있습니다.

오늘도 눈이 총총히 휘날리고 있습니다. 눈은 물이 되기 위해 마지막

솔 씨앗이 모두 날아가려면 상당한 시간이 걸리기 때문에 소나무는 3년치 솔방울을 달고 있다.
1 1년 된 솔방울 2 2년 된 솔방울 3 3년 된 솔방울

선녀춤을 추면서 대지를 밟는다고 합니다. 마음속에 있는 무엇을 내려놓으면 우리도 그 경지에 이를까요? 오늘은 한번쯤 눈을 감고 꼭꼭 잠겨 있는 마음을 열어보고 싶습니다.

존재감은 맑음에서 더 빛이 납니다. 저 어린 소나무의 존재감은 오늘을 천년처럼 살아내려는 맑음에서 비롯된 자신감입니다. 그것이 오늘의 눈을 녹여냈습니다. 천년의 꿈이 시작된 어린 소나무가 삶의 울림으로 다가온 순간, 가벼운 목례를 하며 저는 소나무 곁을 떠나 왔습니다.

20년이 넘는 세월 동안 보호받고 교육받아 세상 속에 나왔건만 인간인 나는 여전히 미숙한데, 거친 세상과 마주하고도 두려움 없는 맑음으로 자신自身을 보여준 어린 소나무에게 감사하며, 나는 부끄러웠노라고 감히 고백해 봅니다.

세상이 나를 흔들어도 충돌은 없다

청미래덩굴

숲에 태풍이 오면 살아 있는 나무는 흔들립니다. 살아 있기에 흔들리고, 흔들려야 잎은 떨어져도 가지를 건질 수 있습니다. 살아 있는 모든 것들은 환경에 일렁입니다. 살아 있기에 일렁입니다.

살아 있는 것들은 환경에 솔직히 반응합니다. 솔직하다는 것은 자신이 관계하는 세상을 안다는 것이며, 솔직한 반응을 통해 세상과 소통하고 존재를 확립하지요.

월출산 숲에는 세상을 좀 알고 주변 환경을 이용하여 확실히 자신의 존재를 확립시키는 녀석이 있습니다. '청미래덩굴'이라고 부르는 이 녀석은 5월에 가장 왕성하게 번식합니다. 흔히 맹감나무라고 부르기도 하지요.

이 녀석의 원래 가지에선 꽃과 잎이 주로 자라는데, 새순을 키워 영역을 넓힙니다. 덩이뿌리는 수직으로 자라지 않고 옆으로 자라는데, 여기엔 왕국을 건설하기 위해 동서남북을 가리지 않고 뿌리를 넓게 확보하려는 철저히 계획된 전략이 숨어 있습니다. 청미래덩굴의 새순은 아주 빠른 속도로 자라는데, 다른 식물과 비교한다면 지렁이와 메뚜기가 달리기 경주를 하는 속도! 아마 그 정도는 차이가 날 것 같습니다.

청미래덩굴은 새순 가지를 키울 때마다 어김없이 넝쿨손을 만듭니다. 일반 나무라면 필요 없겠지만 청미래덩굴은 다른 나무의 신세를 져야 하기 때문에 갈고리 모양의 이 넝쿨손은 절대적 가치를 지닙니다. 청미래덩굴 새순은 갈고리처럼 생겼고, 이 넝쿨손은 곧바로 바람을 기다립니다. 바람이 청미래덩굴 가지를 흔들어줘야 가지가 옆에 있는 나무에 가까이 갈 수 있지요. 그래서 청미래덩굴의 어린 가지는 풀처럼 생겼고, 풀 같은 유연함이 있기에 바람에 흔들립니다.

청미래덩굴 가지가 옆집 나무에 갈고리를 척하고 걸치는 순간부터가 중요합니다. 불과 몇 시간도 되지 않아 옆집 나무의 공간에서 자신의 영역을 확보하는데, 바로 이때! 청미래덩굴의 넝쿨손은 옆집 나무의 가지를 칭칭 감기 시작합니다.

신기방기한 일이 벌어지는 것도 이때입니다. 넝쿨손으로 감은 나무와 자신의 가지 사이에 기필코 여분의 공간을 남기는데, 옆집 나무를 잡고 있는 넝쿨손 중간쯤에 넝쿨을 돌돌 말아 스프링처럼 만드는 신통방통한 신기술을 발휘합니다. 우리가 흔히 사용하고 있는 스프링의 발명은 청미래덩굴에서 따온 것입니다.

청미래덩굴이 스프링 모양의 완충 공간을 만들어내는 것은 어떤 존재를 의식하기 때문입니다. 키가 낮은 지피식물을 키워내는 실체 없는 존재, 소나무의 암꽃과 수꽃을 맺어주지만 대가를 바라지 않는 존재, 그것은 바로 바람입니다. 이 실체 없는 바람의 존재를 알기에 청미래덩굴은 여분의 공간을 남겨둡니다.

자연의 다큐멘터리 감독, 바람

바람이 불면 청미래덩굴은 자신이 감고 있는 나무와 마찰이 생기고, 그러다 보면 바람에 가지를 잃을 수도 있습니다. 바람이 불면 자신이 의지하고 있는 나무가 흔들리게 마련이고 매달려 있는 자신도 무사하기는

바람을 기다리는 넝쿨손

다른 나무에 걸린 스프링 작업 직전의 넝쿨손

어렵습니다. 그러니 바람에 의한 흔들림 속에서 충격을 줄여야 했고, 옆집 나무와 자신의 사이에 절묘한 완충 구역을 설정해 놓게 된 것입니다. 여기서 청미래덩굴이 선택한 방법은 바로 넝쿨손의 중간 부분을 스프링처럼 만들어놓는 것입니다. 흔들림을 위한 완충 구역! 훌륭하지 않습니까? 대자연 앞에서 흔들림을 당해도 생존에 문제가 없습니다. 아주 충분합니다.

청미래덩굴은 일반적으로 다른 나무를 이용하여 삶을 갈취하는 녀석들과는 차원이 다른 방법으로 삶을 이어갑니다. 다른 나무의 삶을 송두리째 갈취하는 대표주자는 단연코 칡넝쿨인데, 청미래덩굴과 칡넝쿨은 엄청난 차이가 있습니다. 청미래덩굴은 풀처럼 어린 새순이 나무로 전환되지만 칡넝쿨은 그냥 넝쿨로 남아 있습니다. 그래서 칡넝쿨은 바람에 부러지지 않으며 상대 나무의 몸을 칭칭 감아 소멸시키는 대범함으로 세상과 소통합니다.

반면 청미래덩굴은 그해 겨울이 되면 몇 달 동안 사용했던 넝쿨손에 양분을 주지 않아 스스로 말라 죽게 만듭니다. 왜일까요? 청미래덩굴의 키가 점점 자라다 보면 넝쿨손은 방해가 되기 때문입니다.

이제부터 상상을 하셔야 합니다. 정도전이 조선을 개국할 때 그렸던 치밀한 왕국의 밑그림처럼 청미래덩굴의 왕국도 그에 못지않게 치밀하니까요. 청미래덩굴의 뿌리는 동서남북을 가리지 않고 넓게 퍼져 나가면서 새순을 뽑아 올리는데, 한 해에 몇 그루가 동시에 올라오며 각자 다른 나무를 의지하며 넓게 퍼져 나갑니다.

넝쿨손을 없앤 청미래덩굴은 자신의 몸을 다른 나무에 걸치고 있다가 다른 청미래덩굴 가지를 만날 때 서로 엉키면서 자연스럽게 서로의 몸을 의지하게 되지요. 그때부터는 다른 나무의 도움이 없어도 땅을 버티고 서 있게 됩니다. 마치 에스키모인들의 얼음집처럼 둥근 모양이 되기도 하고 길쭉한 일자형 집이 되기도 하는데, 대부분 둥근 모양일 때가 많습니다. 그렇게 저희들끼리 얽히고설켜 청미래덩굴의 왕국이 건설되지요.

생존과 전쟁

넝쿨손의 힘으로 완성한 청미래덩굴 왕국

에스키모의 얼음집처럼 둥근 모양의 청미래덩굴 왕국이 건설됐다.

흔들림 없는 성장은 없다

청미래덩굴은 겨울이 되면 맹감이라는 빨간 열매를 맺어 배고픈 겨울 새들을 부릅니다. 여기서 청미래덩굴이 가진 삶의 전략이 다시 한 번 여러분을 전율케 할 것입니다.

청미래덩굴의 씨앗은 반드시 새들에게 먹혀야만 발아를 할 수 있습니다. 밀집된 청미래덩굴 왕국에서 자신의 씨앗과 경쟁하지 않기 위한 일종의 안전장치입니다. 그리고 청미래덩굴의 왕국을 멀리 그리고 아주 많이 건설하기 위한 최상의 전략이 설계된 기획서이지요. 이보다 치밀할 순 없습니다.

그렇다면 새들에게 먹힌 씨앗이 어떻게 발아해 가는지 궁금증이 생깁니다. 일단 새들에게 먹힌 씨앗은 새의 모이주머니에서 단단한 껍질이 한 겹 벗겨집니다. 그 껍질을 벗겨야만 발아할 수 있다는 조건. 놀랍고 짜릿하지 않나요?

제가 호기심에 실험을 해보았습니다. 새들에게 먹히지 않은 씨앗과 새들의 배설물에서 건진 씨앗을 같은 조건의 화분에 심어 놓았는데, 새들의 배설물에서 나온 씨앗만이 발아할 수 있었습니다. 자료 사진을 남기지 않아 매우 섭섭한 일이 되었지만, 어김없는 사실입니다. 독자 여러분도 이 재미난 실험을 해보신다면 또 하나의 즐거움을 얻게 되리라 확신합니다.

그저 맹감나무라고 치부할 수 있었던 식물을 통해 저는 삶이 흔들렸습니다. 이처럼 자연은 저를 매일처럼 흔들어댔고 저는 아낌없이 흔들렸

습니다. 그러면서 저에게 씌워졌던 절망과 시련이란 두려운 껍질도 하나
씩 벗겨지기 시작했지요. 세상 속에 온전히 나를 심고 행복이란 열매들
이 열리기 시작하면서 저의 삶은 판이 달라졌습니다.

　자연의 감동은 언제나 울림이 되었고, 흔들림의 효과로 삶의 존엄성
은 점점 견고해졌습니다. 제가 흔들릴 때마다 제 안에 온기가 채워지고,
가난하다고 생각했던 삶이 풍성해지기 시작했습니다.

이쯤에서 제 얘기를 좀 해볼까 하네요.

남편은 결혼에 실패하고 두 아들과 함께 어머니 집에서 더부살이를 하고 있었습니다. 남편의 지인을 통해 저는 남편을 알게 되었습니다. 영암에서 제일 멋진 청년을 소개시켜 준다는 달콤한 꾐에 빠져 선배 언니들과 함께 월출산이 있는 영암이라는 곳을 처음 와보게 되었습니다. 그런데 멋진 청년은커녕 술에 절어 허름한 중년의 남자가 제 앞에 있었습니다.

속았지요. 단단히 속았습니다. 분노했습니다. 분노하지 않으면 사람이 아니었겠지요. 흔들렸죠. 많이 흔들렸습니다. 사람이기에 흔들렸습니다. 남편의 볼품없는 결혼 생활이 파경을 맞고 그로 인해 방치된 아이들의 삶을 엿보면서 흔들리지 않는다는 것은 그리 쉬운 일이 아니었습니다.

그리하여 저는 스물넷이란 나이에 아홉 살과 여섯 살, 두 사내아이의 새엄마가 되었습니다. 세상의 모든 아이들이 제일 두려운 존재로 꼽는 새엄마. 동서고금을 막론하고 동화책에 어김없이 등장하는 새엄마의 존재는 악의 화신으로 묘사되어 모든 아이들을 벌벌 떨게 만들지요. 새엄마는 존재감만으로도 아이들에게 충분한 위협이 됩니다.

스물네 해를 살아내면서 단 한 번도 꿈꾸지 않았던 새엄마의 삶! 삶의 판이 다른 세 사람의 운명 속으로 무작정 뛰어들게 되었습니다. 세상의 견고한 편견을 받아들여야 하고 아이들에게 두려운 존재가 되어야 한다는 사실에 저도 제가 두려웠습니다. 발가벗겨져 폭풍의 눈보라 속에 갇힌 느낌, 거센 눈 폭풍을 견뎌야 하는 거대한 고독과 아픔, 그리고 더 보낼 수 없는 슬픔 속에 홀로 서 있는 것 같았습니다.

사랑에 목숨을 건 스물네 살의 나이? 웃기지도 않습니다. 세상 좀 안다 나불거리지 말아야 합니다.

"재취로 살아봐라! 넌 평생 그늘진 모습을 안고 살아야 할 꺼다. 남의 아이 키우는 거, 그게 보통 일일 줄 아냐!"

친정엄마가 눈물 반 콧물 반 섞어가며 가슴을 퍽퍽 때리실 때, 그때는 아픔과 고통이 보이지 않았습니다. 스물네 해 동안 축적된 가벼운 삶이, 감히 쉰다섯의 묵직한 삶을 이기려고 친정엄마에게 독설을 퍼붓기 시작했습니다. 부모는 자식을 이길 수 없다는 진리를 저는 실현시켰으니 친정 부모님의 삶에 막내딸은 평생의 근심이 되었겠지요. 결혼을 반대했던 친정 부모님의 가슴에 대못질을 하는 막심한 불효를 저지르며 내 인생은 나의 것이라고 염장질을 하는 못된 막내딸이 얼마나 가엾고 미웠겠습니까.

사노라면 이런 날은 다시는 없었으면 하는 아픔을 겪을 때마다 그제야 친정엄마의 한 마디 한 마디가 뼛속을 파고들기 시작했습니다. 몸은 점점 야위어가고 삶은 점점 고단해지면서 저는 영혼이 메말라가는 고통을 감내해야 했지요. 내 안의 따뜻한 온기를 두 아들에게 모두 내주어야 했고, 내 안의 나를 잠재우며 엄마의 세월로 살아야만 했기에 제 삶은 많이 가난했습니다. 그리고 저는 한계점에 도달했고 삶의 끈을 놓고 싶었습니다. 매일 잠을 청하기 전 영원히 깨어나지 않길 간절히 빌고 빌었던 모진 삶의 시간들이었습니다.

청미래덩굴의 풋열매

　다행히 두 아들은 잘 자라주었고 저는 지금 이런 이야기를 솔직하게 할 수 있으니 얼마나 다행입니까! 둘째아들은 결혼을 했습니다. 둘째가 결혼하던 날 마냥 줄줄거리며 흐르던 눈물이 그냥 나온 것은 아닌가 봅니다. 내 자신이 비로소 참 어른이 된 것 같았습니다.

　900번은 흔들려야 어른이 된다고 합니다. 누구나 어른이 될 수는 있지만 삶의 깊이가 다른 어른이 된다는 것은 매우 어려운 일 같습니다.

　흔들림을 기반으로 하지 않는 성장은 없습니다. 그래서 우리에게 진정 필요한 것은 삶에 대한 유연함과 멀리 보는 안목입니다. 지금 내가 알고 있는 삶의 유연함으로 그 힘든 시절을 겪었더라면 저는 그렇게 아프지 않았을 겁니다. 삶을 끝내고 싶었던 모진 기억도 없었겠지요.

플라톤의 동굴 우화에서는 그림자로만 세상을 보는 '그'란 사람이 있습니다. 그는 사지가 결박된 채 벽을 보고 있었지요. 벽에 보이는 그림자가 세상의 전부인 줄 알았던 그의 결박을 풀어주고 뒤에 있었던 그림자의 실체를 보여준다면 그는 어떤 반응을 보였을까요? 흔들립니다. 당연하지요. 지금까지 그가 관계한 세상과 뿌리부터 다른 이질감에 모든 것이 흔들렸을 것입니다.

다시 그를 동굴 밖으로 끌고 나온다면 그에게 세상은 어떠했을까요? 자신이 이제껏 관계했던 세상과 딴판인 세상에서 그는 흔들리고 또 흔들렸을 것입니다.

플라톤은 우리가 진리라고 알아온 모든 관념에 대해 회의할 것을 주문합니다. "회의하라, 이것이 철학의 시작이다." 자신이 관계하고 있는 세상에 '왜?'라는 물음을 던지고 세상의 관념에 회의하면서 철학적 사유의 주인공이 되어 보라고 플라톤은 주문합니다.

사람은 누구나 판이 바뀌는 흔들림을 감내하지 않으면 동굴 속에 영원히 머물러야 할지도 모릅니다. 세상에 끊임없는 의문을 던지고 자신이 관계하는 세상을 좀 알게 될 때 성장의 골짜기는 더 깊어질 것입니다.

살아 있는 모든 것은 흔들리면서 성장합니다. 흔들리지 않는 성장은 동굴에서 그림자만 바라보고 있는 '그'의 몫이어야 합니다. 900번을 흔들려야 어른이 된다고 하는데, 참 어른이 되려면 얼마나 더 흔들려야겠습니까.

청미래덩굴의 삶에서 보았듯이 흔들림엔 반드시 이유가 있고, 그 이유들이 존재를 확립시키면 삶은 더욱 견고해집니다. 성장의 골이 깊으면 깊을수록 마르지 않는 샘을 간직할 수 있습니다. 시련과 고난 속에서도 마르지 않는 샘은 소중한 삶의 가치를 지켜냅니다.

나뭇가지의 열매도 흔들어야 내 것이 되듯, 자신을 흔들고 세상을 흔들어 필요 없는 것은 털어내고 아름답고 유연한 시각만 남겨서 세상과 소통하면 어떨까요? 자신은 물론이고 주변의 행복이 이제 당신의 흔들림에 달려 있습니다.

주변 사람들과 손을 잡고 숲을 한번 걸어보세요. 그리고 자연에 거하고 있는 생명들의 삶을 통해 자신을 흔들어 보세요.

전쟁의 기술 II
동백과 붉가시나무

소박한 맛배 지붕을 겸손히 떠받들고 있는 늙은 배흘림기둥이 힘들여 느린 숨을 쉬고 있는 이곳은 월출산국립공원 무위사입니다.

삶에 있어 아무리 원대한 꿈과 욕망을 가진다 한들, 사바 세상의 고만고만한 욕심에 불과할 뿐입니다. '무위無爲'만 한 욕심을 어디에다 견주겠습니까?

소담한 건축양식에 국보 13호인 무위사 극락보전은 아미타 부처님의 세상이지요. 사후 세상을 관장하는 아미타 부처님은 관음보살과 지장보살의 호의를 받으면서 존엄한 모습으로 사바 세계를 조용히 응시하고 계십니다. 아미타 부처의 고요한 세상을 지나 극락보전 왼편으로 돌아서면 마주하는 짙푸른 녹색의 세상이 바로 월출산국립공원 무위사 자연관찰로입니다.

사계절이 그리 뚜렷할 것도 없는 난대림의 낙원이지요. 난대림에 주로 자생하는 나무는 사계절 푸른 잎을 지니고 있는 상록 활엽수라서, 난대림 밀집지역은 식생이 다양하지 못합니다.

빽빽이 공간을 채우고 있는 난대림의 나뭇잎은 매우 두터워 바람에도 쉽게 흔들리지 않습니다. 바람이 가끔 나뭇잎이라도 흔들어줘야 햇빛 한 줄기라도 쏟아져 지피식물을 키워낼 수 있건만, 그마저도 허락되지 않는 난대림은 욕심이 난무하는 사람의 세상과 많이 닮아 있습니다. 그 흔한 지피식물 하나 키워내지 못하는 인색함이 참으로 야속한 곳이지요.

아미타 부처님의 온화한 미소 뒤켠에서 벌어지고 있는 난대림의 만행은 자연의 법칙일 뿐 우리 세상의 법은 아니라 생각하지만 어쩐지 씁쓸한 뒷맛이 개운치는 않습니다.

난대림의 숲 바닥은 어둡습니다. 그리고 고요합니다. 또 바다의 침묵처럼 무겁습니다. 온전한 씨앗 하나 생명으로 자랄 수 없는 견고한 인색함이 그저 서러운 이곳은 무위사 피안의 세계를 지나면 만날 수 있습니다.

무위사 자연관찰로의 난대림에 자생하는 나무는 동백나무와 붉가시나무가 주를 이루고, 가끔 참식나무가 몇 그루 섞여 있기도 합니다. 그 덕에 식생은 다양하지 않아도 아쉬운 대로 난대림의 운치를 느낄 수 있지요.

붉게 피어나 떨어진 땅에서 다시 한 번 피게 된다는 전설의 꽃 동백. 구구절절 사연도 많고 다양한 형태의 전설이 있지만 정작 동백나무의 생태는 이를 무색無色케 합니다. 동백나무의 꽃만 보는 사람들에게 동백은 그저 신비에 가까운 나무일지 모르지만, 숲의 관점에서 보면 동백나무는 욕심이 과한 숲의 무법자입니다.

침묵 속에서 뱉어내는 것들

사시사철 넓은 잎을 펼치고 있어야 하는 동백나무는 땅바닥에서 자라는 키 작은 지피식물들에게 곁을 내어주지 않습니다. 이에 뒤질세라 붉가시나무도 서둘러 손들고 앞으로 나오는데요. 동백나무와 마찬가지로 붉가시나무도 욕심이 지나친 친구가 되겠습니다.

도토리 열매를 맺는 참나무는 그 종류가 매우 다양한데, 붉가시나무도 참나무의 족보에 포함됩니다. 일반 참나무는 겨울이 되면 잎이 떨어지는 낙엽 활엽수이지만, 붉가시나무는 잎이 지지 않는 상록 활엽수입니다. 족보는 같은 계열인데 파가 좀 다른 나무이지요. 숲 바닥에 사는 친구들에겐 좀 성가신 녀석이지만, 붉가시나무란 운명을 거머쥔 이상 지피식물에게 원망을 들어도 그렇게 살아내야 합니다.

그러다 보니 동백나무와 붉가시나무는 서로가 죽을 때까지 경쟁을 합니다. 말이 좋아 경쟁이지 천상천하유아독존이 될 수 없다면 죽음으로 그 승부를 가름하겠다며 매일같이 싸움질을 하고 있지요. 영원한 맞수이자 부적절한 동맹관계쯤. 양쪽 다 피를 흘리거나 아니면 둘 다 무사하거나!

그들의 전쟁은 언제나 침묵으로 포장되어 있지만, 나뭇잎에서 뿜어내는 피톤치드는 소리보다 더 강력한 무기가 됩니다. 그들의 무기가 얼마나 성능이 좋은지 숲은 언제나 싱그럽고 상쾌합니다. 같은 나무끼리는 위협이 안 되지만 다른 나무에게는 이롭지 않은, 강력한 것을 뿜어냅니다.

나무에게 피톤치드는 무기가 되지만 사람에게는 더할 나위 없는 치료제가 되지요. 나무들의 전쟁으로 인해 우린 공짜 이득을 취하고 있습니다. 고래싸움에 새우등 터진다지만, 터졌던 등도 치료가 될 판이니 이보다 좋을 순 없겠지요. 사람의 터진 마음쯤은 문제도 안 됩니다.

자신만의 공간을 확보하기 위해 숲속의 전쟁을 도모하는 이 두 녀석

숲은 끊임없이 물고 뜯으며 쌈박질을 멈추지 못합니다. 살아남아야 하니까요. 생명의 굴레는 전쟁이란 숙명을 거부하지 못합니다.

으로 인해 무위사 자연관찰로는 겨울보다는 여름에 탐방하는 것이 더 좋습니다. 붉은 동백꽃의 탐스러움과 화려함에 취하고픈 이들에겐 겨울과 이른 봄이 좋겠지만, 숲이 주는 묵직함으로 자아를 어루만지고 싶을 땐 여름에 한번쯤 가볼 만한 곳이 됩니다.

예쁜 꽃이 없어 탄성을 자아내긴 어렵지만, 새들의 지저귐에 귀가 황홀해지는 이곳. 첼로의 선율처럼 높낮이가 크지 않아 고요한 산책을 이끄는 이곳. 아미타 부처님의 고요한 미소 속에 고즈넉한 무위의 욕심이

과하지 않은 이곳. 늙은 배흘림기둥이 느린 한숨을 토해낼지라도 한번
쯤 토닥토닥 두드림의 울림을 받고 싶은 이곳. 이곳은 월출산국립공원
무위사 자연관찰로입니다. 동백나무와 붉가시나무의 전쟁 중에 쏟아지
는 고급스러운 폭탄의 맛이 궁금하시다면 제대로 오신 겁니다. 삼림욕이
라는 쩌릿한 폭탄을 맛보실 수 있는 곳이니까요.

폭탄 맛이 어찌나 고급스럽든지 가끔 쓰러지는 경우가 종종 있지만,
'추순희'라는 숙련된 의무병이 언제나 배치되어 있으니 걱정일랑 숲에
던져버리시고 행복이란 구급차에 승차만 하시면 됩니다. 언제나 시동 걸
어놓고 기다리겠습니다.

붉가시나무

제2장

늘근애록

며느리의 한, 꽃에 남다

며느리밥풀꽃

오죽하면 이것이 포도청이 되었을까요. 옛날 사람들은 이 세상에서 제일 무서웠던 곳을 포도청이라고 했는데, 그 포도청을 뛰어넘는 더 무서운 곳이 있었습니다. 이 세상을 등지면 가게 되는 바로 '저세상'입니다. 이 세상의 무서움쯤은 비교되지 않을, 급이 다른 무서움이었겠지요. 개똥밭에 굴러도 이승이 낫지 저승이 좋을 수 없다고들 하는데, 저세상과 이 세상의 경계가 바로 '목구멍'이라는 엄중한 현실 앞에 포도청의 매질 따위는 위협이 될 수 없었겠지요. 세상에서 제일 무서운 것을 뛰어넘게 만드는 목구멍은 이 세상과 저세상의 경계선인 동시에, 욕구라는 원초적 본능입니다. 본능을 걷어낸다는 것이 어디 쉬운 일입니까? 태산을 호미로 옮겨보겠다고 덤비는 것보다 더 어려움이 따르는 일입니다.

옛날 사람들은 언제나 배가 고팠습니다. 고파도 너무 고팠습니다. 그래서 생의 전부가 먹을 것을 생산하기 위한 투쟁의 삶이었습니다.

그렇다고 옛날 사람 모두가 배를 곯지는 않았겠지요. 살 만한 사람도 있었고 부자도 있었을 겁니다. 철저한 신분사회에서 평등이 배제된 채 자본을 가진 자가 장리쌀로 이득을 챙기는 수법이 공공연하게 이뤄지던 시절이 있었습니다. 그 부조리한 구조 속에 얼마나 많은 백성들이 굶주림에 시달리다 세상을 등졌을까요?

먹고사는 문제가 해결되지 않아 화적질에 도적질까지 끝없는 민란이 이어지고 왕조는 쇠락할 수밖에 없었을 겁니다. 편중된 부의 편차와 부패한 정치에 나라 꼴이 엉망인데 못사는 백성의 꼴은 이루 말할 수 없었겠지요.

식물의 이름을 알아가다 보면 옛날 사람들의 굶주림이 얼마나 절절한 것이었는지 알게 될 때가 있습니다. 이름을 알고 나면 가슴이 먹먹해지고 콧잔등이 매워지는 까닭에 눈시울이 뜨거워집니다. 휴~ 숨 한번 고르지 않는다면 아무것도 못할 것 같아 한숨을 쉬어야 합니다.

5월에 꽃을 피우는 이팝나무가 그 대표적인 이름인데, 요즘은 지방도로의 가로수로 쓰일 만큼 주목받고 있습니다. 옛날엔 쌀밥이 이밥이었고 음절이 변하여 지금은 이팝으로 되었지요. 이팝나무는 얼마나 많은 사람들의 가슴을 뛰게 하고 멍든 가슴에 매질을 했을까요?

나뭇잎이 먼저 나오고 그 뒤에 꽃을 피우는 이팝나무의 꽃은 보슬보슬하고 보들보들하게 생긴 것이 꼭 하얀 쌀밥같이 먹음직스럽게 보입니다. 5월이면 보릿고개가 막바지에 이를 무렵이니, 뱃가죽이 등짝에 들러붙은 지 석 달 하고도 열흘이 훨씬 넘었을 것입니다. 사흘만 굶어도 남의 집 담을 넘는다는 그 엄청난 삶의 욕구 앞에 이팝나무는 꽃을 피우고 얼마나 많은 사람들의 목구멍에 마른침을 꿀떡거리게 했을까요?

그때는 그랬습니다. 그렇지만 결코 옛날이라고 생각하지 마세요. 이 땅에서 벌어진, 불과 100년 전의 세상이 그랬으니까요. 우리의 삶이 100년을 넘기지 못하기 때문에 아주 오래 전 일이라고 느낄 뿐입니다.

늘어나는 체중 때문에 상당한 고민을 안고 계신 분들은 다이어트 때문에 "나도 괴롭다"고 하실지 모르겠네요. 하지만 이 세상과 저세상 사이의 절박한 고통을 어디에 견주겠습니까? 손바닥만 한 땅뙈기라도 있으면 그나마 다행이었겠지만, 그나마도 없다면 사람들은 피죽과 장리쌀

로 삶을 연명해야 했습니다. 꽃잎처럼 가녀린 딸자식을 장리쌀로 팔아 먹고 그 쌀을 목구멍으로 넘겨야 하는 부모의 심정은 어땠을까요? 애간 장이 타서 창자를 끊어내는 아픔이 아니고는 도저히 밥을 목구멍으로 넘기지 못했을 것입니다.

딸자식 하나 팔아 남은 자식 건사하려면 창자를 끊어내는 아픔도 견 뎌야 하는 것이 부모라고 생각해야만 가능했을, 그 엄청난 이야기를 지 금 시작하려고 합니다.

열네 살 분이의 파란만장한 생애

그 옛날 보릿고개를 애면글면 넘겨야 했던 때. 맹물로 배를 채우고 온종일 풀뿌리를 캐러 이 산 저 산 온 들판을 뒤지던 그때. 아지랑이도 아롱아롱, 정신도 아롱아롱 눈에 뵈는 거라고는 오직 먹을 것에 대한 환각뿐인 그때. 이웃 마을 매파가 꼬부랑 지팡이를 휘적거리면서 고갯길을 넘어옵니다. 헐떡이는 짚신짝에 땟국물 질질 흐르는 무명치마를 이리 감고 저리 감으며 열네 살 분이가 살고 있는 감골댁 집 사립문을 삐죽이 열고 매파가 들어서는 순간부터 이미 이 꽃은 전설이 되었습니다.

매파가 다녀간 이후 어머니는 옷고름을 눈에서 떼지 못하고 눈은 토끼 눈처럼 뻘겋게 변했고, 아버지는 줄곧 헛간의 나무만 작대기로 두드리며 꺼억꺼억 애간장을 녹여냅니다.

똑똑하고 착한 분이는 느낌이 왔고, 그날 밤 용기를 내어봅니다.

"엄니! 아부지! 저 시집 가고 싶구만요! 인자 여그서 살기 싫어라! 배고픈 여그보다 시집 가서 흰쌀밥 배터지게 먹음시롱 살아보고 잡구만요!"

이웃 마을 총각 길태가 색시감을 구하는데 길태 상태가 영 그렇긴 하지만 밥술이나 뜨는 집인데다 땅뙈기도 솔찬하다는 소문을 분이는 알고 있었고, 오늘 그 마을 매파가 다녀갔으니 눈치 빠른 분이가 모를 리 없습니다. 동생들이 줄줄이 있고 땅뙈기 하나 없는 분이네는 이것저것 따진다는 것 자체가 그저 선하품질 나는 짓입니다. 쌀이 석 섬에 논 두 마지기는 평생을 살아도 얻지 못할 재산이니까요. 부모에게는 너무 가혹한 선택이지만 그럴 수밖에 없는 선택인 것을 분이는 알았습니다.

그렇게 분이는 길태의 색시가 되었고, 상태가 좋지 못한 길태는 분이를 지켜주지 않았습니다. 배 터지게 먹을 것만 같았던 흰쌀밥은 고사하고 서슬 퍼런 시엄씨의 시집살이로 배가 터질 지경입니다. 곡간 열쇠 차고 앉은 시엄씨는 매 끼니 쌀을 내줄 때, 그 분량이 길태와 시엄씨의 밥그릇만 채울 수 있는 분량에 겨우 두 숟가락을 더 얹어서 줄 뿐입니다.

지금이야 전기밥솥이 밥을 짓는 세상입니다. 전기밥솥이 어찌나 똑똑한지 누룽지 하나 없이 밥을 짓지만 그 옛날 가마솥엔 누룽지가 기본으로 따라붙었습니다. 분이는 누룽지로 겨우겨우 끼니를 이으면서 고된 시집살이를 견뎌내고 있었지요. 친정을 생각하면 서러움과 그리움에 목이 메어도 하소연할 곳은 오직 아궁이밖에 없었습니다. 부족한 서방이 밉고 독한 시엄씨가 무서워 맘 놓고 울 수도 없을 때 아궁이에서 뿜어져 나오는 연기는 분이의 상담사가 되고 치료사가 되어 주니 분이는 세상 그 어떤 것보다 아궁이를 사랑하게 되었지요.

그날도 어김없이 시엄씨가 내어준 쌀을 정성스럽게 씻어 밥을 짓고 있었습니다. 그날따라 유난한 슬픔에 아궁이 덕 좀 보려고 나무를 많이 밀어 넣었지요. 그런데 그만 밥이 타 버렸고 시엄씨의 서슬이 부엌으로 슝슝! 화들짝 놀란 분이는 솥뚜껑을 열어 밥알을 입에 넣어 탄 냄새를 가늠할 즈음. 시엄씨는 몽둥이를 치켜들고 이제껏 요런 식으로 밥 도둑질을 했냐며, 분이의 몸에 몽둥이를 걸치기 시작합니다.

못난 서방! 길태는 차마 눈 뜨고는 보지 못해 눈을 감고 지켜봤다는 후문이 그저 씁쓸합니다.

가녀린 열네 살 분이의 몸. 태어나서 시집 올 때까지 보리쌀 서 말도 채 먹지 못한 분이의 삭신이 몽둥이의 힘을 어찌 견딜 것이며, 견디고 싶은 이유도 마땅치 않았습니다. 배는 고팠지만 부모님과 동생들의 사랑이 있었던 친정도 이젠 분이의 집이 아니니까요. 배고픔은 견딜 수 있지만 외로움은 견디기 어려운 것이 인간의 원죄일까요? 분이는 이제 배고픔 더하기 외로움이라는 인간의 한계에 다다랐기에 걸쳐오는 몽둥이를 거부하지 않았습니다. 몽둥이가 걸쳐오면 걸쳐오는 대로 모든 것을 받아들이기로 한 이상 버둥거릴 이유가 없습니다. 그리고 분이는 끝내 시엄씨의 것이었던 그 맛보기 밥알을 삼키지 못하고 붉은 선혈을 목구멍에 퍼 올리고 말았습니다. 마지막 숨을 거둬들이면서 모든 것을 놓아버린 채 저세상의 길로 총총히.

죽음을 예상치 못했던 시엄씨는 당황하시더니 동네 사람 몇 불러다가
"아가 불 때다 죽어 부렀소! 어짜까? 그냥 거적때기에 싸야 쓰겄소! 저 마을 뒷산에다 얼른 던지고들 오소! 내 사례는 톡톡히 할라네!"

살인! 사체유기! 그리고 인간의 존엄성을 무시하고 학대한 죄. 길태는 방임방조죄 크다. 죄질이 악랄하고 인간으로서 차마 할 수 없는 짓을 저지른 죄. 사형 내지는 무기징역감이다! 그러나 쉬쉬 넘어가고 쌀 섬 깨나 얹어 동네 사람 입을 틀어막고, 길태 엄니는 또 다른 색싯감을 찾아 건넛마을 순이네로 매파를 보냈다는 후문입니다. 분개할 노릇이지만 이미 과거의 일인지라 신고도 안 되고 참으로 난감합니다.

　거적때기에 싸여 버려진 분이. 차마 삼키지 못한 쌀밥 두 알을 세상에 뱉어내고 원망스러웠던 세상의 한을 새겨 땅 위에 피올렸나 봅니다.

　뒤늦게 사실을 알게 된 친정 부모는 분이의 시신을 서둘러 수습하고 양지바른 곳에 묻어 주었는데, 해마다 분이의 무덤가에는 이 꽃이 피어났다고 하지요. 그리고 후세 사람들은 분이의 꽃에 이름을 붙여 주었습니다. 바로 '며느리밥풀꽃'이라는 이름입니다.

절절하고 먹먹해지지 않습니까? 뭐 무슨 말이 필요할까요. 그냥 아픕
니다. 감수성 깊은 여중생이나 여고생은 해설 중간에 울어버리기도 합
니다. 시집살이 좀 하고 계신 여성분들은 고개를 돌리고 혼자서 훌쩍거
립니다.

"분이야, 나는 어떻게 살아야 할까?"

결혼한 여자들에게 언제나 친정은 아픔이고 시댁은 서러움입니다. 그
냥 그렇습니다. 요즘이야 며느리 시집살이를 하는 시어머니 이야기도 항
간에 흘러나오는 것 같긴 하지만, 그래도 시댁은 시댁이고 친정은 친정
입니다.

친정은 과거의 것이라 더 아련하고 안쓰러워집니다. 시댁은 현재의 삶
이라 치열하고 미래의 삶이 되기 때문에 책임이 앞서고 그러다 보니 부
담이 되기도 합니다.

저도 결혼을 했고 시집살이의 서러움이 무엇인지 알기에 이런 말도
할 수 있는 거겠죠.

각설하고,

우리 민족의 식재료는 아주 다양하고 요리 비법도 제각각인 경우가
많았습니다. 국토의 7할을 산이 차지하고 있으니 당연히 산나물이 주를
이루었고, 산을 개간하여 밭을 만들었으니 채소류가 그 뒤를 잇습니다.

쌀은 논에서 생산되니 산속에 처박혀 사는 사람들에게는 귀하디귀한
식량이 되었겠지요. 시집가면서 쌀 서 말이니 보리쌀 서 말이니 했던 말

은 평야지대에서 태어났느냐, 산중에서 태어났느냐에 따라 달라집니다. 가난한 친정 살림 때문에 그만큼밖에 먹지 못하고 시집을 갔던 가난한 처자들의 이야기입니다.

이것은 실제로 있었던 일이며, 장리쌀에 딸 팔아먹는다는 이야기도 모두 실화지요. 참으로 가난하고 지난했던 시절 이야기입니다. 쌀 씻은 물도 버리지 않고 국을 끓이며, 가마솥에 눌러붙은 누룽지는 박박 긁어 간식으로 요긴하게 활용하고 물을 부어 숭늉을 끓여 먹었으며, 설거지한 물로 쇠죽을 끓이는 알뜰함. 저도 어렸을 때 친정 집이 그렇게 했습니다.

이 지구상에 소나 돼지의 뼈를 고아 먹는 민족은 우리밖에 없다는 이야기도 우리 민족이 당면했던 식량 문제가 얼마나 절박했는지 짐작케 하는 대목입니다.

너도 못 먹고 나도 못 먹는 세상에서 의당 인사는 "진지 잡수셨어요?"가 되었고, 풀과 꽃과 나무의 이름이 먹을 것으로 붙여졌던 그 세상 사람들이 많이 가엾습니다. 쌀 서 말에 팔려가는 처자들을 생각하면 가슴이 아립니다. 설령 팔려가지 않았던들 고된 시집살이의 한을 가슴에 꾹꾹 눌러 담았을 그 세상의 며느리들에게, 그리고 지금 세상의 며느리들에게 깊은 존경의 마음을 보냅니다.

분이가 삶의 끄나풀을 쉬 놓아버린 연유는 존엄성을 상실 당했기 때문입니다. 마음속에 한이 자라기 시작하면 사람도 변하게 마련이지요. 아닌 것을 그런 것처럼 참으려 하지 마세요. 착해지지 말고 지혜를 쌓으

면서 강해지세요. '착하기만 했던 분이로 살 것인가, 현명한 나로 살 것인가?' 생각해 보세요.

8월 말부터 월출산 도갑사 자연관찰로 소박한 자리에 앉아 수줍게 피어나는 며느리밥풀꽃에 물음을 던져 봅니다.

"분이야! 나는 어떻게 살아야 할까?"

"사람은 어느 순간 반드시 용기를 내야 할 때가 있어! 그 순간을 위해

오늘을 지혜로 모아야 해! 그리고 강해지는 거야!"

분이의 대답입니다. 만약 분이가 조금만 더 힘을 키웠더라면 서슬 퍼런 시엄씨를 샛노랗게 만들었겠죠. 시지프스의 돌처럼 삶의 고통을 사랑하십시오. 고통은 그렇게 견디고 이겨내는 것입니다.

시어머니, 독기를 품다

며느리밑씻개

그저 웃지요. 그냥 웃어야 합니다. 웃지 않고 버티면 더 서러울 것 같아서 그냥 웃습니다. 허허! 그렇게라도 웃어야 합니다. 그렇지 않으면 더 못난 것으로 낙인을 찍히게 됩니다. 귀머거리 3년, 벙어리 3년, 눈 뜬 봉사 3년. 9년이면 끝날 줄 알았던 고놈의 시집살이가 이제 몇 년으로 더 늘어날지 가늠키가 어려워집니다.

아침 조반을 드시고 들녘에 나가셨던 시어머니가 점심참에 들고 와 던져주는 풀 한포기에 이렇게 무너질 순 없습니다. 점심 진지를 지으며 아궁이에서 뿜어져 나오는 연기의 힘을 빌려 그저 눈물을 쏟다가 억지 웃음 실실거립니다. 미친 광狂이 되어야 미칠 급及으로 된다는데, 얼마의 시간이 필요할지 도무지 알 수 없습니다.

평소와 다르지 않게 조반을 드셨는데, 오늘따라 배탈이 나셨다며 엄한 사람을 잡아대고 있습니다. 음식에 무엇을 넣었냐며 생억지를 부리고 몸져누우셨는데, 좀 전에 던져주신 풀 한 포기가 왜 이리 가슴을 훑어대는지 며느리는 종잡을 수 없는 슬픔의 원인을 찾고 싶습니다.

시어머니가 던져준 풀을 집어든 며느리는 긴 한숨 토해내며 훑어낸 마음을 다잡아보는데, 도대체 시어머니가 던져준 풀이 어떻게 생겼기에 며느리를 이토록 아프게 하는 걸까요?

연분홍빛 꽃이 깨알처럼 작게 매달려 있는데, 풀의 줄기와 마디마디가 온통 가시로 뒤덮여 있습니다. 손끝에 찔려오는 가시의 느낌이 흡사 고된 시집살이가 가슴에서 손끝으로 옮겨온 딱 그 맛입니다.

"이것은 내가 밑 닦을 것이 아니고 너나 닦아야 쓰것다!" 하면서 던져주신 풀이라서 그런지 슬픔은 굴곡진 마음에 골짜기를 마다하지 않고 점점 깊어지기만 합니다.

"느그는 존 세상이라도 살아봤지"

'며느리 밑씻개'의 이름에서 유래된 이야기를 제가 재구성해 봤습니다만, 시어머니에게 며느리란 이처럼 하찮은 존재이며 언제나 독기를 품어내도 괜찮은 사람인가 봅니다. 밭에서 김을 매던 시어머니는 배탈이 났고, 주변에 지천으로 널려 있는 이 풀로 뒤처리를 하다 그만 가시에 찔렸으니 그 아픔이 오죽했을까요. 그래도 그렇지 원인을 며느리에게 전가시키고 급기야 그 풀을 며느리에게 던져주며 독설을 쏟아낼 만큼 며느리의 존재가 밉고 미웠던 모양입니다.

사람은 좋은 시절 이야기보다 서러움의 시절을 더 오래 간직하는 법입니다. 저는 그런 기억들이 나쁘다고 생각지 않습니다. 지난 시절 서러웠던 시간들이 있기에 그 서러움의 세월을 생각하며 오늘의 서러움을 희석하고, 그러다 보면 서러움의 무게는 조금씩 줄어갑니다.

"그땐 그랬었어! 고생 참 많았지. 그래도 요즘 세상은 살기 좋아졌어!" 그러면서 모두 웃는 이야기로 끝날 때가 많아집니다.

남자들 셋만 모이면 군대 이야기가 주를 이룬다고 하지요. 며느리도 셋만 모이면 의당 시어머니 이야기를 하게 됩니다. 처음엔 흉을 보기 시작하다가 이야기는 점점 거칠어지고, 남편과 시누이의 험담을 합류시키면서 이야기는 더 고조됩니다.

"그 피가 어디 가겠어!"

흥과 험담의 종지부를 찍는 이 한 마디가 이야기의 판을 뒤집습니다. 판이 뒤집혔다는 것은 결론이 나왔고 모두 동의를 했다는 것입니다.

"나는 시어머니가 되면 그렇게 안 될 거야. 시누이 저도 시집가 보라고 그래."

"그래도 우리 남편은 결국 내 편이더라! 이제 우리 시어머니도 다 늙어서 기가 죽었어! 미움보다는 짠한 마음이 생기고, 내가 시어머니 입장이 되어 보니까 조금은 이해가 가는 부분도 없지 않아 있어!"

허공에 삿대질을 하며 목소리를 키웠던 원망이 이제 인간적 연민으로 바뀌면서 한바탕 웃음으로 끝나는 이야기지만, 그래도 그들의 며느리들이 다시 모이면 이야기는 다시 원점에서 시작되는 도돌이표 한의 카테고리. 며느리와 시어머니의 숙명 같은 기 싸움이 오늘날까지 계승되고 있다는 놀라움이 '시월드'라는 방송까지 탄생시킨 것 같습니다.

요즘의 시집살이가 어디 그 옛날 시집살이만 하겠습니까? 경로당에 모여 있는 어머님들도 요즘의 며느리들에게 할 말이 많습니다. 우리의 시집살이와 비교하면 너희들 시집살이는 호강에 겨운 선하품질이라며 조소를 보냅니다. 또 더 옛날 어머님들도 경로당 어머님들께 할 말이 많겠지요. "그래도 느그는 배불리 먹고사는 존 세상이라도 살아봤지!"

씨실과 날실처럼 정교하게 얽힌 한의 실 꾸러미는 영원히 풀리지 않을 것 같습니다.

며느리밑씻개라는 풀은 우리나라 전국에 분포되어 있는데, 여뀌과에 넝쿨성 한해살이 풀입니다. 줄기는 붉은색에 가깝고 모든 줄기에 잔가시가 아주 많습니다. 최대 2m까지 뻗어 자라며 5월부터 꽃이 피기 시작하여 8월까지 꽃이 핍니다. 꽃이 하도 작아 눈여겨보는 이들은 적지만 꽃의 유래를 알고 나면 단박에 찾을 수 있지요. 줄기마다 포진되어 있는 가시들이 강한 독기를 품고 있어 단박에 찾아낼 수 있습니다.

설마 며느리들이 가시 돋친 이 풀로 정말 밑을 닦았겠습니까? 시어머니의 서슬이 아무리 퍼런들 이 풀로 밑 닦을 일은 없었겠지만, 왠지 서러운 까닭은 며느리들만 공유할 수 있는 아픔이 있기 때문입니다.

며느리밑씻개와 동서지간이라고 할 수 있는 며느리배꼽. 며느리밑씻개와 마찬가지로 가시가 있고 줄기는 선명한 빨간색이다. 둥글둥글한 열매가 떡잎에 붙어 있는 모양이 배꼽을 닮았는데, 며느리와 아들의 잠자리를 시새움했던 시엄씨들이 아들 몸 축날까 봐 더 이상 배에 오르지 말라고 지어놓은 이름이다. 가시에 한번 찔려보면 몸서리가 쳐진다.

지금은 고인이 되셨지만 제 시어머니께서도 예전에 저를 서럽게 하셨던 적이 많았지요. 한번은 제 남편의 은수저를 한 벌 사오셨습니다. 그 한 벌의 은수저를 건네주시며 한 말씀 하셨는데, "내 귀한 아들! 오늘부터 이 수저로 밥 먹게 해라!" 하면서 가셨습니다. 그때는 참으로 서럽고 서러워서 혼자 울었습니다. 이왕에 사 오시려면 두 벌 사 오셔서 "너희 부부 오늘부터 이 수저로 밥 먹거라" 하셨다면 얼마나 좋았겠습니까?

어머니의 마음에 사랑이란 감정이 없었던 건 아니겠지만, 오직 아들에 대한 사랑밖엔 내보이지 않으셨던 거지요. 이제 세월이 흘렀고 그 서럽던 마음은 그리움이 되었지만, 시어머니의 그런 편중된 사랑 덕분에 저는 귀한 깨달음을 얻었고 지금 이 글을 쓰고 있지 않습니까. '시어머니는 남편의 엄마였지 나의 엄마는 아니었잖아.' 그렇게 이해하니 시어머니의 마음을 헤아릴 수 있었고 원망도 사라졌습니다.

요즘 도심 아파트 쓰레기 버리는 곳엔 시골에서 보내온 많은 음식과 귀한 곡식들이 버려진다는 이야기가 있습니다. 시댁을 생각하면 '시' 자 들어간 건 시금치나물도 안 먹는다는 며느리들이 시어머니가 보내주신 음식이나 곡물이 달갑지는 않겠지요. 그렇지만 적어도 자신이 키우는 아들을 생각하면서 이해의 마음을 키워보면 어떨까요. 갈등이 대물림되지 않으려면 노력이 필요하니까요.

오늘도 어김없이 며느리밑씻개가 꽃을 피웠습니다. 며느리 밑 닦을 일도 없는데 하염없이 피고지고 반복하며 우리 곁에 머물고 앞으로도 계속 그럴 것입니다. 물론 꽃은 우리에게 가르침을 강요하지는 않습니다. 그렇지만 우리가 기억해야 할 것은 이제 시어머니의 독기로 며느리를 호령하는 시대는 이미 지났다는 것입니다.

이 시대의 고부들이여, 며느리밑씻개의 이름을 빌어 명합니다. 부디 갈등이라는 가시 돋힌 마음으로 고부 사이를 해석하지 마세요.

시어머님들, 며느리의 존재는 세상에서 가장 아끼고 사랑하는 내 아들의 존귀한 동반자라는 사실을 한시도 잊지 마세요.

며느님들, 아드님이 눈에 넣어도 아프지 않을 만큼 사랑스럽고 귀하지요? 귀한 당신의 아드님이 미래에 며느님을 맞이한 후에 아드님이 귀한 만큼 그 며느님도 어느 어머니에게 그런 존재였다는 사실을 한시도 잊지 마세요. 당신이 친정어머니에게 귀한 존재였던 것처럼 말이죠.

삶은 정답을 채점하는 것이 아닌, 해답을 찾아가는 것입니다. 며느리밑씻개가 세상의 고부님들께 올리는 글입니다.

바람난 얼레지의 햇빛 사랑

얼레지

헐거워진 대지를 빠끔빠끔 밀어내며 보드라운 얼레지의 새순이 세상과 만납니다. 얼레지의 잎은 소중한 꽃대를 꽁꽁 싸매고 대지를 뚫고 나오는데 그 생김새가 여간 민망한 게 아닙니다. 붉은색도 아니면서 다른 색으로는 설명되지 않기에 다시 붉은색이라고 말하게 되는 난해함도 있지요.

색깔도 색깔이지만 그 생김새가 더 민망해서 마른 침 한번 꿀꺽 삼키지 않으면 해설이 불가능하지요. 발정된 수캐의 생식기를 얼레지라고 부르는데, 이 꽃의 이름이 어디에서 유래되었는지 이젠 뻔해졌지요? 잎에 얼룩얼룩한 무늬가 있어 얼레지라고 한다는 이야기도 있지만, 이젠 그 어떤 유사함을 선보인들 머릿속은 이미 밑그림이 완성되었습니다.

항상 이렇습니다. 우리 조상들의 해학은 돌직구 그 자체입니다. 더할 것도 뺄 것도 없는 아포리즘aphorism의 정석이지요. 동식물을 가리지 않고 이런 이름들이 종종 있는데, 하나 둘 이름을 알아가다 보면 저절로 고개를 끄덕이다 결국 손뼉을 치게 됩니다.

식물이 가지고 있는 녹색 잎은 광합성에 가장 적합한 색이라고 합니다. 그런데 여기 평범한 녹색을 거부한 얼레지의 잎은 삶의 방향이 무엇인지, 얻고자 하는 것이 있으면 무엇을 포기해야 하는지 정확히 알고 있는 것 같습니다.

3월 하순부터 꽃이 피는 얼레지는 주로 참나무 숲에 자생합니다. 얼레지는 지피식물로 숲 바닥에서 생활해야 하기 때문에 봄의 짧은 햇빛이 조금이라도 더 미치는 곳을 좋아합니다.

얼레지가 꽃을 피우고 수정을 마칠 때까지 참나무는 잎을 키우지 않는데 적자생존의 법칙도 순리가 있나 봅니다.

"너를 살려 내가 사는구나!"

자신과 함께 더불어 사는 고차원의 자연사입니다.

낙엽 활엽수가 있는 곳에 얼레지가 많은 것도, 얼레지의 잎이 녹색보다 갈색에 더 가까운 이유도 숲의 힘을 빌려 생명을 유지하려면 그 숲에 있는 낙엽을 닮아야 하기 때문입니다. 얼레지의 잎은 진녹색 바탕에 갈색 무늬가 아주 많은데, 나뭇잎이 많이 쌓여 있는 곳에서 삶이 시작되다 보니 나뭇잎을 제 몸에 담지 않으면 안 되었나 봅니다.

얼레지는 꽃을 다 피우고 나면 검붉었던 잎이 녹색으로 변하기 시작합니다. 위장전술이 성공을 거두었으므로 더 이상 위장이 필요 없기 때문이지요. 점점 녹색으로 변한 잎은 왕성한 광합성 작용을 하면서 씨앗을 여물게 하는 일에 집중합니다. 새싹이 돋고 약 10여 일 후부터 꽃이 피기 시작하는데, 그 해 봄의 일조량과 기온에 따라 조금씩 차이가 나기도 합니다.

그런데 사람도 차별화가 있듯이 식물도 차별화가 있나 봅니다. 대부분 연보라색 꽃잎으로 피어나지만, 가끔 흰 얼레지가 섞여 있기도 합니다. 어떤 얼레지가 우월한 것인지 알 수는 없지만, 사람의 관점으로 해석하니 흔하지 않은 흰 얼레지가 더 귀한 대접을 받고 있습니다.

그렇거나 말거나 그것은 사람의 일일 뿐 얼레지의 일은 아닙니다. 얼레지의 일은 오직 봄의 짧은 햇빛을 향한 사랑밖엔 없습니다. 식물은 오직 자신의 본능에 충실합니다. 얼레지의 본능은 씨앗을 만들고 씨앗에 자신의 본능을 덧입혀 미래의 시간 속에 그 씨앗을 올려놓는 일. 그 외 모든 것은 그저 그런 일이 됩니다.

바람난 여편네인가, 생존을 향한 처연함인가

얼레지는 꽃을 피울 때 꽃잎에 모든 힘을 모아 꽃잎을 뒤로 젖힙니다. 사람들은 얼레지의 이 꼴을 보고 '바람난 여인'이란 꽃말을 지어주었

가끔은 연보라색이 아닌 흰색 얼레지 꽃을 볼 수 있다.

지요. 치맛자락을 올려 봄바람을 희롱한다느니, 치맛자락 걷어붙이고 남정네를 기다리는 여인네라느니 하면서요.

치맛자락 걷어붙이고 남정네를 유혹한들 남정네의 마음이 동하지 않으면 말짱 꽝인 놀음을, 남정네는 쏘옥 빼고 여인네만 남겨놓은 걸 보면 분명 남정네들의 짓궂음이 첨가되었겠지요. 그래서 웃고 이래서 웃어가며 힘든 세상 웃음으로 덜어내고자 그랬겠지만, 얼레지의 숭고한 몸짓엔 굴욕입니다.

아마도 얼레지가 사람들의 이야기를 알아들었더라면 적어도 꽃잎의 진화를 서둘렀을지도 모를 일입니다.

얼레지가 꽃잎을 뒤로 젖히는 이유, 저는 궁금했습니다. 그런데 세상의 어떤 책도, 세상의 어떤 정보도 얼레지가 꽃잎을 뒤로 젖히는 이유를 말해주지 않았습니다. 그 이유를 알 필요가 없었을까요? 저의 노력이 부족하여 자료를 못 찾았을 수도 있지만, 자연 해설을 하는 사람이기에 저는 그 연유를 알고 싶었습니다.

하루 온종일 얼레지 곁에서 묻고 또 묻고, 생각하고 또 생각하며 저의 생각으로 얼레지를 정리해 보았습니다.

얼레지는 꽃잎이 매우 길고 뾰족하며 꽃잎 안쪽으로 W자의 검은 문양이 뚜렷하고, 여섯 개의 수술과 한 개의 암술로 꽃송이가 구성되어 있습니다. 수술의 색은 검은 색에 가깝고 암술은 꽃잎처럼 연보라색이지요. 꽃잎은 햇빛이 들기 시작하면 곧바로 반응을 하고, 10여 분 정도면 꽃잎이 뒤로 발라당 꺾입니다. 요망하기도 하고 잔망스럽기가 그지없

습니다.

　이때부터 섬세한 관찰이 필요합니다. 꽃잎에 햇빛이 닿기 시작하면 가녀린 꽃잎이 약간 팽창하면서 힘이 실립니다. 잔바람에도 결코 꽃잎이 흔들리지 않고 꺾인 자세를 유지하려고 안간힘을 쓰는 모양새가 결연합니다. 봄의 짧은 햇살을 조금이라도 더 모으기 위해 뒤로 꺾인 꽃잎들은 해가 저물 때까지 그 자세를 유지하는데, 그렇다면 이쯤에서 '왜?'라

씨앗을 여문 얼레지.

는 질문을 던져줘야 이야기는 흥이 납니다.

　왜일까요? 꽃잎자락을 쳐들고 남정네를 기다리는 얼레지 여인의 저 꼴은 무엇일까요? 남정네는 누굴까요? 뻔하지 않습니까! 누군가 그랬습니다. 씨를 받으려면 별을 봐야 한다고. 얼레지가 씨를 받으려면 벌과 나비를 봐야 합니다. 농염함을 뽐내지 못하면 벌도 나비도 날아들지 않습니다.

꿀이 적은 이른 봄꽃은 꽃가루를 밑천으로 장사를 하는데, 꽃가루도 따뜻하게 덮혀놓아야 수정의 확률이 높아집니다. 얄밉게 쌀랑한 봄 날씨가 벌과 나비를 따뜻한 곳으로 오게 만드니 따뜻하지 않으면 장사 밑천도 거덜이 납니다.

추정컨대, W자 문양과 검은색의 수술도 결국 햇빛을 모으기 위한 프리즘 역할을 띠고 있을 가능성이 농후합니다. 얼레지 꽃잎에 새겨진 W자 문양을 자세히 살펴보면 빛의 광선과 같은 문양임을 알 수 있습니다. 물론 벌과 나비의 활주로 역할도 주어졌겠지만, 햇빛을 흡수하는 검은색으로 이루어진 것을 미루어 짐작해 보면 햇빛을 모으기 위한 수단에 가깝다는 생각이 듭니다. 꽃잎이 뒤로 꺾여 해가 질 때까지 어느 방향에서든 꽃잎은 햇빛을 탐할 수 있으니 이보다 더 좋을 순 없습니다.

바람난 여인네가 아니라서 죄송합니다. 농염한 여인네가 아니라서 더 미안합니다. 얼레지는 다만 햇빛을 탐하기 위한 처연한 몸짓을 하는 것에 불과하므로 과한 상상은 이제 그만입니다.

남정네들은 침 흘림을 거둬주시고 얼레지가 이토록 간절히 햇빛을 탐하는 이유에 더 집중하셔야 합니다. 얼레지는 아주 희귀한 방법으로 번식을 하는데, 이제부터 얼레지의 진면목이 펼쳐집니다.

얼레지의 씨앗에는 엘라이오좀Elaiosome이라는 물질이 있는데, 냄새가 개미 유충의 냄새와 비슷해서 개미에게 발견되는 즉시 개미집으로 이송된다고 합니다. 또 그 엘라이오좀은 개미들이 좋아하는 당분이 있기 때문에 즉각 이송되는 것이란 이야기도 있는데, 어느 쪽이 사실에 가까운

땅에 떨어져 있는 얼레지 씨앗.

개미가 얼레지 씨앗을 물고 가고 있다.

것인지 도무지 알 길이 없습니다.

개미나 얼레지는 인간의 언어를 모르고 우리 또한 그들의 오묘함을 다 이해하지 못하니, 그들과 우리의 한계가 생물학자들을 먹여살리고 있는 건지도 모릅니다. 학자들의 하는 일이 모두 이렇습니다. 여러 가지 학설을 만들어 논쟁을 해야만 학자다운 면모가 있는 것이 되나 봅니다.

그렇다면 이제부터 저는 자연해설가의 생각으로 얼레지의 삶에 잠시 관여해 볼까 합니다. 두 가지 중 어떤 것이 사실에 가까울지 이제부터 제 생각을 하나씩 보여드리겠습니다.

극적이지 않습니까? 애매한 에로틱이 다큐로 변하는 건전성에 흥미를 잃으셨다면 이제는 셜록처럼 탐정이 되어보세요. 미국 드라마의 CSI 수사대처럼 추론하고 그 생각들을 하나씩 나열해 봅시다. 저와 같이 생각하면서 바람난 여인네의 오명을 하나씩 벗겨보도록 해요.

개미집으로 이송된 얼레지의 씨앗은 하루만 지나면 개미의 시체 냄새를 풀풀 풍긴다고 합니다. 이쯤에서 난관에 부딪힙니다. 정말 시체 냄새가 나는 것일까요? 그렇다면 정말 얼레지가 개미를 등쳐먹고 있는 것일까요? 개미를 생각하면 얼레지가 얄밉고, 얼레지를 생각하면 교묘함에 전율하게 되지요. 개미는 씨앗을 시신 저장실에 옮겨놓고 그때부터 얼레지의 씨앗이 한세상을 열게 된다는 것이죠.

또 다른 학설은 이렇습니다. 얼레지 씨앗의 절반이 개미가 좋아하는 당분으로 구성되어 있기 때문에 개미집의 식량저장고에 잠시 머물다 개미의 먹이가 된다는 것입니다. 그리고 개미들은 씨앗의 당분을 먹고 나면 개미집 밖으로 절반의 씨앗을 내다버린답니다.

어떤 것이 더 얼레지의 의도와 맞을까요? 이때 주목해야 할 것은 얼레지 씨앗이 담고 있는 목적입니다. 이쯤에서 함정에 빠지기 쉽지만, 식물의 본능을 충분히 고려한다면 의외로 쉽습니다.

씨앗의 최종 목적은 안전한 번식이며, 그 안전함이 더 많은 개체를 늘려주는 확실한 보장을 주지요. 시체 저장실이란 한정된 공간에서 우르르 발아하면 생존율이 떨어지고, 그러다 보면 서로가 경쟁을 피할 수 없게 되니 첫 번째 방법은 얼레지가 선호하는 방식이 아닐 듯합니다. 하여 저는 두 번째 방법에 한 표를 던지겠습니다!

옛것은 버리되 기억하라!

개미는 제법 똑똑합니다. 개미는 철저합니다. 조직의 힘은 사람만 가지고 있는 것이 아닙니다. 허구한 날 똑같은 방법으로 개미를 속일 순 없습니다. 지구상에 개미가 제일 많은 것도, 개미가 자신만의 생존방식으로 환경을 극복하는 것도 이와 무관치 않습니다.

개미는 분석하고 토론하는 개별적 존재입니다. 먹이를 취하고 집으로 가져오긴 하겠지만 문지기 개미의 허락 없인 감히 집으로 들여놓지 못합니다. 문지기 개미는 대부분 늙은 개미가 임무를 맡고 있는데, 개미 세상의 모든 것을 기억 주머니에 담고 있으며, 더듬이를 통해 조상 개미의 지혜까지 품고 있어 풀 옵션의 백과사전입니다.

얼레지의 꼼수 정도는 이미 눈치를 챘을 것이고 얼레지는 꼼수보다는 더 안정적인 묘수로 전환했을 가능성이 많습니다.

얼레지는 꼼수보다는 묘수를 심기 위해 씨앗에 당분을 모아야 합니다. 그것도 아주 많은 당분이 필요하겠지요! 씨앗의 수만큼 당분을 만들려면 부지런히 햇빛을 모아야 합니다. 식물은 광합성을 통해 탄산가스와 수분으로 당분을 만들지요. 광합성을 하려면 반드시 햇빛이 필요하고, 햇빛이 많으면 많을수록 얼레지의 씨앗이 번식을 약속받으니 얼레지는 꽃잎조차 아낌없는 투혼을 불사르고 있는 것이라고 생각합니다.

진짜냐고요? 자연은 잘 짜인 한 편의 동화 같습니다. 마음을 휴식하고 느끼면 그만입니다. 진위를 논하다 보면 딱딱해지고 질겨져 맛없는 음식을 억지로 먹는 꼴이 됩니다. 자연은 맑은 감성으로 잘 차려진 따뜻한 음식을 먹듯 즐기면 되지요.

투혼을 불살라 받아낸 씨앗! 그 씨앗들을 통해 먹이를 얻는 개미! 먹이의 가치를 알기에 씨앗을 멀리멀리 나르는 개미! 개미가 떨어뜨린 곳이 얼레지의 한세상이 되듯 우리도 어딘가에 마음을 떨어뜨리고 한세상 풀어내고 있는 것이 아닐까요?

얼레지의 씨앗은 땅에 뿌리를 내리고 7~8년을 기다려야 비로소 꽃을 피웁니다. 꽃을 피우기 이전의 삶에서는 그저 작은 잎을 펼쳤다 접었다 반복하며 세상 사는 연습을 하게 되지요.

역경 앞에서 실패했다고 좌절하지 마세요. 이 작은 식물에도 삶의 연습이 있는데, 만물의 영장이라 일컫는 사람이 실패의 연습 없이 찬란한 꽃을 피우려고 한다면 우습지 않습니까? 시련에 부딪히거든 한 번쯤 얼레지 숲에 다녀가세요. 치맛자락 걷어붙이고 남정네를 기다리는 바람난 여인네는 없어도, 넉넉한 밑천 없이도 온몸으로 세상과 부딪히는 얼레지가 있습니다.

'너를 살려 내가 사는' 따뜻한 이웃이 있는 얼레지 숲으로 오세요! 참나무 이웃과 공존하려면 무엇을 내어놓고 얻어야 하는지, 개미에게 씨앗을 부탁하려면 어떠한 대가를 지불해야 하는지 월출산 누릿재에서 한번쯤 마음을 열고 생각해 보세요.

그저 제 새끼 꽁꽁 싸안고 희망을 키워보고자 세상 밖으로 나오는 얼레지가 발정한 수캐의 그 얼레지면 어떻고 아니면 어떻습니까. 겨우내 품었던 꽃송이를 꼭 안고 세상으로 나오는 것이 품었던 시간만큼 고결할 뿐입니다.

참나무가 양보한 봄의 숲

오리나무 시詩를 담다

오리나무

산새도 오리나무

위에서 운다.

산새는 왜 우노, 시메산골

영嶺 넘어간다고 그래서 울지.

눈은 나리네, 와서 덮이네.

오늘도 하룻길

칠팔십 리七八十里

돌아서서 육십 리는 가기도 했소.

불귀不歸 불귀不歸 다시 불귀不歸

삼수갑산三水甲山에 다시 불귀不歸

사나이 속이라 잊으련만,

십오 년十五年 정분을 못 잊겠네.

산에는 오는 눈, 들에는 녹는 눈.

산새도 오리나무

위에서 운다.

삼수갑산三水甲山 가는 길은 고개의 길.

희로애락

우리나라 최고의 서정시인 김소월 님의 '산'이라는 시를 보면, 고향(이승)을 등지고 길 떠나는 이가 고갯길에서 마주한 나무 위에 자신의 모습을 올려놓고 울고 있습니다. 바로 오리나무 위에서 울고 있는 새의 모습인데, 몸은 타향(저승)을 향해 가지만 영靈만큼은 고향(이승)에 남겨놓고 싶은 간절함 때문에 오리나무에 앉아 우는 새가 어느새 자신이 되어 있습니다. 고향(이승)을 등지고 떠나는 애달픈 심정이 가슴 절절하게 전해지는 듯합니다. 그런데 많고 많은 나무 중에 왜 오리나무였을까요?

나무가 일러주는 사람의 길

흔히 오리나무를 '십리+里 절반 나무'라고 부릅니다. 옛사람들은 태어난 고향을 떠나는 경우가 드물었고 평생 그곳에서 사는 사람이 많아서, 고향을 떠나는 것만큼 두려운 일도 없었다고 합니다. 소월의 시에서 노래하듯 영혼이라도 남겨놓고 고갯길을 넘고 싶었겠지요.

오리나무는 길 떠나는 나그네에겐 설움과 한恨을 주기도 했겠지만, 금의환향錦衣還鄉하는 나그네에겐 덩실덩실 나뭇잎 춤을 추며 반겨주기도 했을 것입니다.

옛사람들은 길가에 5리五里 정도의 구간마다 오리나무를 한 그루씩 심었다고 하지요. 옛 문헌에 기록돼 있다는 이야기도 있지만, 실제로 그런 문헌이 발견된 적은 없다고도 합니다. 하지만 오리나무는 옛사람들의 길가엔 분명히 존재하고 있던 나무입니다. 어쩌면 문헌으로만 사실을 해석하려는 사람들로 인해 혼란이 야기되고 있는지도 모를 일입니다.

길을 떠나고 또 그 길로 돌아오는 이들의 길잡이 나무였던 오리나무가 반드시 5리에 한 그루씩 있었건 아니건, 분명한 것은 길가에 서서 나그네를 인도해 주었다는 사실입니다. 살아 있는 생명이 길잡이를 해주던 세상이 정겹고 그립기만 하네요.

지금이야 도로 곳곳에 이정표가 넘쳐나지만 살아 있는 이정표는 아니지요. 녹색 철판에 지명과 함께 서양식으로 계산된 거리가 적혀 있는 것이 정확할지는 모르지만 정겹고 그리운 맛은 비견할 수가 없습니다.

5리 길을 표시하면서도 길 떠나는 나그네의 든든한 위로가 되어 주었던 오리나무는 실용성과 낭만을 겸비하면서 삶의 애환까지 담고 있습니다. 그러니 오리나무가 사람들과 함께하는 나무였다는 점은 굳이 문헌의 기록을 좇지 않아도 충분할 듯합니다.

오리나무 꽃이 진 자리에 씨앗이 영글고 있습니다.

오리나무를 처음엔 5리마다 한 그루씩 심었겠지만 그 왕성한 번식을 어찌 말리겠습니까. 해마다 여무는 씨앗의 수가 얼마인데요. 길가 곳곳에서 자라는 오리나무가 5리의 거리를 정확히 유지하면서 번식할 리도 만무하지요. 그렇게 되면 길가에 즐비하게 서 있는 오리나무가 5리라는 이정표 구실을 할 수는 없었겠지요? 하지만 지혜 많으신 우리 조상님들이 이를 간과하지 않았습니다. 5리마다 한 그루씩 반드시 표식을 해두는 지혜로 오리나무의 왕성한 번식을 받아들였습니다.

오리나무는 자작나무과에 높이가 20m까지 자라며 우리나라에는 교
잡종을 합쳐 10여 종이 있지만, 보통은 오리나무, 물오리나무 그리고 사
방오리나무, 세 종류로 분류합니다. 오리나무는 물을 잘 흡수하지 않아
변형이 적고 가벼워서 나막신을 만들기도 했으며, 오리와 새의 형상을
깎아 솟대를 만들거나 탈을 만들기도 했습니다.

오리나무는 붉은색의 탄닌을 포함하고 있는 껍질과 열매에서 갈색과
검은색에 가까운 염료를 얻을 수 있습니다. 그래서 '물감나무'라는 이름
을 하나 더 얻었지요. 오리나무에게는 뿌리혹박테리아가 공생하여 척박
한 토양에서도 잘 자라며 거친 토양을 기름지게 가꿔준다고 합니다. 콩
과식물도 아니면서 뿌리혹박테리아와 공생을 하는 아리송한 나무이기
도 하지요.

오리나무의 수피를 보면 터지고 갈라져 있습니다. 나무 속은 매년 자
라는데 껍질은 자라지 않기 때문에 그렇지요. 나무의 형성층(세포분열이
왕성하게 일어나는 곳)과 멀리 있는 수피일수록 갈라지고 터지는 강도가 더
심해집니다.

월출산국립공원 도갑사 자연관찰로에 있는 오리나무는 사방오리나무
로 1940년 무렵에 일본에서 건너온 녀석들의 후손이 되겠네요. 비록 일
본이 원산지라고 하지만 이 땅에서 태어나고 자랐으니 이제 우리의 나
무가 되었습니다. 나무는 말이 없으니 항변하지도 않겠지만, 부디 미워
하지 않았으면 합니다.

오리나무와 사방오리나무는 어떻게 구별할 수 있을까요. 이곳의 사방오리나무는 수피가 너덜거릴 정도로 갈라짐이 심한데요. 그래서 자주 껍질이 벗겨집니다. 사방오리나무의 특징이라고 봐두시고 오리나무와 구별할 첫 번째 방법으로 기억하십시오. 그에 비해 오리나무는 수피가 덜 갈라지며 꽃에서도 차이가 나지요.

오리나무의 꽃은 호랑이꼬리처럼 긴 모양을 하고 있다면 사방오리나무는 번데기처럼 굵고 통통한 꽃 모양을 하고 있습니다. 이것이 두 나무를 구별하는 두 번째 방법이 되겠습니다. **1**이 오리나무의 꽃이고, **2**가 사방오리나무의 꽃입니다. 오리나무가 꽃을 피우면 비교하면서 자세히 들여다보세요. 수피의 차이점이 꽃에도 나타나 있어, 꽃의 겉 표면과 수피가 많이 닮아 있습니다.

자연을 마음에 담기 시작하면 궁금증이 생기고, 그러다 보면 사랑하게 되고 삶의 깊이가 달라집니다. 『나의 문화유산 답사기』에서 유홍준 교수님은 "아는 만큼 보인다."고 말씀하셨죠. 내 시선에서 내가 주체가 되었기에 '나의 문화유산 답사기'가 됐을 겁니다. 자신의 동력動力으로 자기自己가 주체가 되면 "삶은 아는 만큼 깊어집니다."

삶이 깊어졌다는 건 어떤 상황에서 자신을 제대로 들여다볼 줄 알고 자신의 감정이 어떤 것인지 정확히 짚어내는 능력이 생겼다는 것입니다. 그래서 사람은 과거를 통해 미래를 지혜롭게 살 수 있는 거겠지요.

그래서일까요? 숲 체험을 왔던 사람들의 연령이나 성별에 따라 오리나무 해설은 제각각 다른 느낌으로 다가서는 것 같습니다.

도갑사 자연관찰로 입구에 아가씨 에로가 있다면 이곳은 아줌마 에로가 있는 곳입니다. 매끈한 수피에 아름다운 무늬, 날씬하게 잘빠진 몸매가 노각나무의 특징이라면, 이곳의 사방오리나무는 거칠거칠한 수피에 보잘것없는 무늬, 투박한 몸뚱이에 볼품없는 가지들이 특징입니다.

달라도 너무 다른 차이점을 가지고 있지만, '아줌마'라는 애칭을 붙여 주었더니 다른 버전의 에로가 되었습니다. 야릇한 에로가 미소의 에로로 바뀝니다. 기분 좋은 유쾌함으로 전환되는 잔잔함이 아줌마의 힘이기 때문이지요. 그래서 그런지 오리나무 해설은 아줌마들에게 커다란 공감을 주는 동시에 감성의 문이 여과 없이 열리는 통로가 됩니다.

"내 배랑 똑같은디"

너덜거리는 수피와 투박한 몸매라는 말을 꺼냄과 동시에 아줌마들은 관심의 깊이를 달리 보이고 한 발짝 다가섭니다. 아이들은 너덜거리는 수피를 뜯어보고 싶어 안달이고, 아저씨들은 오리나무의 애칭에 묘한 웃음을 흘려주기도 하지만, 아줌마들은 아랫배에 힘이 들어가면서 남다른 자부심을 보여줍니다. 투박한 몸매로 변해버린 아줌마의 신체에 대한 뚜렷한 이유와 항변이 오리나무에 들어 있기 때문이지요.

아이를 품었던 흔적을 고스란히 담고 있는 거칠한 뱃가죽하며 아이의 무게를 견뎌냈을 떡 벌어진 어깨와 골반은 흡사 오리나무의 형상이 되어 버렸습니다.

무릇 '아줌마'의 반열에 오른다는 것은 결혼한 사람들, 시댁과 친정의 전혀 다른 가족의 형태를 이해한 사람들, 애들을 키우면서 여자임을 포기한 사람들에 속하게 된다는 뜻입니다.

아가씨 에로와는 비교를 거부한 신체 조건을 지녔지만 아줌마 에로는 삶의 깊이가 차원이 달라 존재감이 위압감을 넘어 경외감마저 듭니다. 어느 날 숲 해설을 듣던 한 아줌마가 자신의 배를 두드리며 "내 배랑 똑같은디"라고 말한 이후로 오리나무는 '아줌마 에로'라는 별칭을 얻었습니다. 그런데 '아줌마'라는 애칭과 더불어 연상되는 단어가 반드시 있습니다. 바로 '어머니'지요. 이렇게 저렇게 연관을 짓다 보니, 오리나무는 우리의 어머니가 되었네요. 길 떠나는 자식의 안녕을 끝까지 마중하는 어머니와 오리나무가 한 묶음이 되었습니다.

어머니나 아버지를 마음에 떠올리면 왠지 짠해지면서 콧날이 매워지는 느낌. 다들 경험하셨지요? 진정한 성인이 되는 느낌은 자신이 부모가 되면서 자신의 부모를 더 깊이 이해할 수 있을 때 옵니다.

5리씩 지날 때면 자신은 고향에서 멀어지고 고향에서 멀어지는 만큼 부모님과 멀어지는 느낌을 줍니다. 고향으로 돌아오는 이에게는 다시 한 그루씩 다가서는 오리나무가 반가움인 동시에 부모님의 모습이 되었을 것입니다. 평소에 부모님은 자식의 무의식 속에 존재할 뿐이지만, 자식은 본디 부모의 몸속에서 나온 것이지요. 그래서 부모가 살고 있는 고향은 자신의 몸인 동시에 생명을 부여받은 소중함이 간직되어 있는 곳입니다. 이제 고향 찾아가는 길에 오리나무는 없지만, 부모님의 그리움을 떠올려 보십시오. 오리나무의 너덜거리는 수피는 곧 우리 부모님들께서 자식을 키워내며 가슴앓이를 한 흔적이라 생각해 보십시오.

지금은 녹색 철판에 이정표 자리를 내어주고 사람들의 나무는 산속으로 떠났습니다. 아주 이른 봄에 꽃을 피워 겨울 산을 봄의 산으로 길마중하는 오리나무. 떠나는 겨울은 잡지 않고 서둘러 오는 봄에게 길을 열어주면서 온 산을 연초록으로 물들이는 오리나무는 이제 계절의 길잡이 나무가 되었습니다. 매화나무보다 일찍 꽃을 피워 봄 산을 연초록으로 물들이건만, 사람들은 매화 향기에 취해 오리나무의 봄을 눈치 채지 못합니다. 오리나무가 열어주는 화사한 봄 길이 그렇게 사그라져 가는 것이 못내 아쉽기만 합니다.

사방오리나무의 겨울 눈

분량

엄마는 참기름을 주실 때 저만
꼭.
댓병에 담아주십니다.
언니들은 이홉짜리 병이지만,

내 몫은 항상 댓병입니다.
"엄마! 언니들도 똑같이 줘!"
엄마는 저에게 한마디만,
하십니다.

"너는 큰 집이잖아! 큰 며느리"
이홉짜리 병보다,

훨씬 많은 분량.

그것이 분명,
큰며느리가 감당해야 할
분량입니다.

엄마는 저에게 큰 며느리의 덕을 따로 가르치지 않습니다.
매번 친정 나들이에서 얻어 오는 귀한 농산물로
저를 깨우치고 계십니다.
손님의 범위, 제사의 횟수, 그 모든 것을
매번 일깨워 주십니다.
당신 딸이 감당해내야 하는 큰 며느리의 짐을
조용히 나누고 계셨던 것입니다.
"엄마! 감사해요!"
엄마에게 딸은 그런 존재입니다.
큰며느리를 딸로 둔 엄마의 고된 분량이기도 합니다.

친정엄마는 저의 시댁에 또 다른 며느리가 되었습니다.
그래서 친정엄마는 시집간 딸에게 눈물과 그리움의 분량으로
매번,
저의 눈에서 미끄러집니다.

자귀나무, 부부의 연緣을 말하다

자귀나무

6월 중순경 장마가 시작됩니다. 자귀나무Silk tree가 장맛비를 기다리는 것인지, 장맛비가 자귀나무를 시새움하는 것인지 알 수는 없지만, 자귀나무는 꽃 피는 시기가 언제나 장마철이다 보니 사람들의 눈에 얼른 들어오지 않습니다. 요즘은 자귀나무를 관상용으로도 많이 심는 연유로 사람들의 관심이 잦아지긴 했지만요.

자귀나무의 꽃을 자세히 들여다보면 꽃 수술들이 마치 애기공작의 깃처럼 삐죽삐죽 삐져나와 있습니다. 둥글둥글한 것이 꼭 어린 밤송이 같기도 하고 재즈 선율이 꽃으로 변한 것처럼 오묘함이 느껴지는 꽃입니다. 샴푸에 린스까지 사용하고 왁스로 마무리를 한 것처럼 부드럽고 윤기가 나는데, 꽃의 모습은 그렇다 쳐도 향기가 어찌나 맑은지 6월의 더위를 잊게 할 만큼 상쾌합니다. 어떤 씨앗을 만들려고 이처럼 매혹적인 향기를 뿜어대는지 쉬지 않고 벌과 나비가 날아듭니다.

장마철엔 꽃이 귀합니다. 꽃들도 수정에 방해가 되는 비를 피하기 위해 주로 5월에 꽃을 피우는 경우가 많지요. 생명을 가진 모든 것은 5월에 느끼는 생식의 충동을 주체할 수 없는 것 같습니다. 우연일지는 모르겠지만 아가씨들의 로망은 5월의 신부가 되는 것이고, 새들도 알을 낳고 부화를 하는 시기가 바로 5월입니다. 들판과 산은 온통 꽃이 피어나고 생식의 충동으로 온 천지는 일렁거립니다. 생식을 감당하는 여인네들의 본능이랄까. 뭐 대단한 주장은 아니니까 혹시라도 저에게 연락해서 근거나 증거를 보여 달라고 한다면 곤란합니다.

그런데 자귀나무는 무슨 고집으로 장마철의 꽃을 고집할까요?

아마도 그냥일 겁니다. 스스로 그러한 것이 자연이니까요! 자귀나무는 그뿐일 겁니다. 다른 나무들은 이듬해에 피울 꽃눈과 잎눈을 미리 만들어 놓고 겨울을 납니다. 그러나 자귀나무는 꽃이 늦게 피고 자연스럽게 열매도 늦어지다 보니 꽃눈과 잎눈을 만드는 시간이 짧아지고, 그 짧아진 시간을 이른 봄에 보충하게 되니 꽃 피는 시기도 자연스레 늦어진 것 같습니다.

이 또한 저에게 근거나 증거를 대라시면 곤란합니다. 어느 지식백과에도 없으며 제가 제 느낌대로 자연이 던진 문제를 풀어본 것이니까요. 이쯤에서 너무 무책임하다고 생각하실지도 모르지만 자연은 과학이라기보다는 느낌이라는 것이 저의 지론입니다. 느끼고 들여다보기 시작하면 그냥 알게 되는 순간이 있습니다.

님아, 홀로 두고 가지 마오!

자귀나무는 밤이 되면 잎을 고이 접어 서로를 끌어안는 약간 시시한 에로를 보여줍니다. 그 약간 시시한 에로가 옛사람들의 눈에 확 들어왔고 그 시시한 에로는 부부의 합방으로 승화되어 야합목夜合木이란 이름을 얻기도 했습니다.

그리고 자귀나무 씨앗으로는 술을 담갔는데, 혼례를 치르면서 마시는 술로 첫날밤 부부의 합방을 돕기도 했지요. 백년해로를 약속하는 날 옛사람들은 합환주로 무탈한 결혼생활을 빌기도 했습니다. 기쁜 마음으로 마음을 합치게 된다는 뜻을 가진 합환주合歡酒는 반드시 자귀나무 열매로 빚어야 정통 합환주가 된다는 사실을 잊지 마세요.

요즘이야 어디 그렇습니까? 결혼식은 번잡하여 번갯불에 콩 볶을 속도로 마쳐야 하고, 첫날밤은 와인잔을 기울여줘야 품격이 있다고 생각합니다. 결혼식에 쓰일 술 하나에도 이렇게 깊은 의미가 있는데 요즘의 결혼식은 상업성을 배제하면 아무것도 남는 것이 없는, 의미가 실종된 결혼식으로 전락해 버린 듯합니다.

참으로 안타까운 일입니다. 부부의 의미가 실종된 요즘의 결혼 문화를 자귀나무가 일깨워 주기를 바라는 마음 간절합니다.

자귀나무는 밤이면 밤마다 잎을 접어 마주합니다. 보통의 나뭇잎은 홀수로 이루어져 있는데, 자귀나무의 잎은 짝수로 마주하고 있기 때문에 더 큰 의미로 부각되었지요.[4] 남남이 만나 서로 부부가 되었으니 상대를 홀로 남겨놓고 저세상으로 일찍 떠나지 말라는 암시가 담겨 있습니다. 백년가약은 이렇게 약속해야 합니다. 번갯불에 콩 볶듯 결혼식을 마치고 와인잔을 기울이는 것보다 훨씬 품격이 있습니다. 그 품격만큼 서로에 대한 존중도 더 깊어지지 않을까요?

이럴 땐 허벅지를 한번쯤 쳐주셔야 저도 신이 납니다. 노래도 손뼉을 치면서 불러야 흥이 나고, 술은 안주가 풍부할 때 술발이 살아납니다.

제가 여대생 그룹을 대상으로 해설할 때의 이야기입니다.

도갑사 자연관찰로 중간쯤에 있는 자귀나무에 이르렀습니다. 수령이 제법 된 나무인지라 고개를 치켜들고 봐도 끝이 보일까 말까 할 정도로 키가 큰 나무였습니다. 자귀나무 해설을 하면서 자귀 씨앗 꼬투리를 집어들고 해설을 했습니다.

저는 지인들의 결혼식에 갈 때 으레 하는 선물 대신 자귀나무가 어떨지 제안했습니다. 자귀나무 씨앗은 발아율이 좋은데, 이제부터라도 자귀나무 씨앗으로 나무를 키워 자귀나무 화분으로 선물을 해보라는 제안이었지요. 말이 끝나기가 무섭게 자귀나무 씨앗 꼬투리를 줍기 위해 모든 사람들이 숲을 뒤지기 시작했습니다. 이심전심, 그때만큼은 모두 마음이 하나로 모인 것 같았습니다.

옛 사람들은 결혼을 마친 신혼집 마당에 꼭 자귀나무를 심어주었다는데, 아마도 모두가 그렇지는 않았을 것입니다. 일단 마당이 넓어야 하니까요. 요즘 말로 좀 있는 집이나 가능했겠죠. 그래도 혼례를 치를 땐 반드시 합환주와 함께했으니 자귀나무는 특정한 누구의 나무가 아니라 모두의 나무가 되었지요. 두 잎을 붙이고 밤을 보내는 자귀나무는 지금까지 우리 곁에 남아 화려한 귀환을 꿈꾸고 있는지도 모릅니다.

린 나뭇가지를 힘들여 갉아내는 이유가 뭘까요? 여기엔 소중한 알을 공기의 저항이라는 힘을 빌려 땅에 안착시키려는 어미의 속 깊은 배려가 담겨 있습니다. 나뭇가지가 땅으로 떨어질 때의 충격을 줄여주기 위한 지혜로운 방법이 되겠네요.

이 내용은 거위벌레의 삶에서 찾아낸 저만의 해석이었는데, 이젠 많은 해설가들에게 알려졌고 보편화가 되었습니다.

땅으로 떨어진 진동을 감지한 알은 부화를 하고 도토리 열매를 먹으며 성장을 합니다. 그리고 흙속에서 번데기 상태로 있다가 성체가 되지요.

이 작은 거위벌레가 참나무 가지를 턱으로 갉는다는 것은 결코 쉬운 일이 아닐 겁니다. 거위벌레가 식물의 잎을 돌돌 말아 새끼의 요람을 만들거나 도토리 열매에 알을 낳고 나뭇가지를 갉는 일은 오직 제 새끼를 키우기 위한, 처연하고도 경건한 의식입니다.

나뭇가지를 떨어뜨리는 순간이나 식물의 잎으로 요람을 만들어주고 떠나는 행위들을 거위벌레는 어미의 희생으로 기록하지 않을 것입니다. 무사히 성장하여 온전한 성체가 되길 기원하는 마음을 요람과 도토리 속에 꾹꾹 눌러 담았기에 성장의 답안지는 비워두고 그대로 그곳을 떠날 수 있었을 겁니다.

아이를 낳아보고 키워봐야 인생의 맛을 제대로 느낀다고 합니다. 아이들을 키우면서 부모의 마음을 이해하고, 그 마음들이 자신을 진정한 어른으로 이끄는 동력이 되지요. 결혼하고 아이를 낳아 키워보신 분들이라면 누구나 공감하는 것이 있습니다. 바로 욕심입니다.

"내 아이는 이랬으면 해.""내 아이는 커서 이런 사람이 되어주면 좋겠어.""내 아이의 직업은 ○○이면 좋겠어."

부모의 바람을 아이의 답안지에 적어넣는 순간부터 충돌이 발생하면서 곤란한 상황들을 만들어내곤 합니다. 부모라면 누구나 경험하는 문제이기도 하지요. 저에게도 삼남매의 아이들이 있습니다. 그러니 제가 작성했던 답안지의 용량이 얼마나 컸겠습니까!

'큰아들은 공부를 잘하니까 한의사를 만들까? 작은아들은 경찰공무원이 되면 좋겠다! 어릴 적부터 똑 부러지던 막내딸은 뭘 시킬까?' 아이들의 생각이나 특성은 고려하지 않고 그저 제가 생각하고 있는 꿈을 적어넣고 삼남매를 다그치곤 했습니다. 아이들은 아이들대로 저는 저대로 많은 갈등과 불협화음 속에서 서로를 상처내며 얼마나 힘겨웠겠습니까. 제가 적어놓은 답안지를 비워낸다는 것은 결코 쉽지 않은 일이었습니다.

그런데 어느 날 거위벌레가 만들어놓은 개모시 풀 요람을 보면서 저는 깨달았지요. 온 정성을 기울여 만들어 놓은 알집을 뒤로 하고 거위벌레는 어떻게 떠날 수 있었는가? 자식의 성장을 위해 답안지를 비워야 하는 이유, 바로 겸손한 용기가 필요했던 부분이었습니다. 온유한 희생이나 사랑보다는 집착에 가까웠던 겸손치 못한 답안지는 욕심과 욕망으로 혼탁함이 가득 실려 있었던 것입니다. 지금은 자신이 선택한 분야에서 최고가 아니어도 최상의 삶을 살아가고 있는 아이들에게 저의 답안지가 얼마나 보잘것없었는지, 부끄러운 부모였던 것을 후회합니다.

사랑인지 집착인지 도무지 헷갈리는 상황에서 서로가 서로에게 상처를 입히면서 극한 상황에 내몰리는 악순환이 삶을 지옥으로 만들기도 합니다. 상처가 너무 크다 보니 상대의 아픔을 돌아봐주지 않고, 결국 서로의 원망이 깊어져 기어이 굴곡을 만들어냅니다.

부모는 아이들의 답안지에 무언가 적지 않아야 합니다. 혹시나 내 욕심을 적고 싶은 욕망이 발동하거든 거위벌레처럼 견고한 장치들을 아이들이 걸어가는 길에 꾹꾹 눌러 담길 바랍니다. 자신의 답안지는 꼼꼼히 살피면서 꾹꾹 눌러 적되, 자식 또는 다른 사람과의 관계에 있어서는 언제나 답안지를 비워두는 지혜를 발휘해 보세요.

"남편이(아내가) 적어도 이 정도는 해줘야지." "부모라면 적어도 이 정도는 해줄 수 있는 거 아냐." "며느리(사위)가 이랬으면 해." "친구가 이것도 못 해줘?"

참으로 복잡한 답안지 항목들을 줄이거나 없애다 보면 자신의 삶이 얼마나 간결해지고 아름다워지는지 경험할 수 있을 겁니다. 삶의 그릇은 적당히 비워내야 썩지 않고 채워집니다. 생명이 숨 쉴 수 있는 공간을 확보해 나가는 것이지요. 생명은 반드시 충분한 공간이 확보될 때 더 강한 생명력을 가지기 때문입니다. 부모가 겸손한 용기를 가질 수 있어야 아이들은 저희들의 답안지를 채워 나갈 용기를 가지지 않을까요?

땅으로 떨어진 도토리는 거위벌레, 다람쥐, 도토리묵의 고비를 넘기고 급히 뿌리를 내리고 대지를 파고들었습니다. 나무에겐 '이만하면 되겠지' 따위의 말은 없습니다. 한 그루의 나무를 키워내기 위해 매년 수많은 열매를 맺곤 하지요. 숲의 일원이 되기 위해서는 부지런히 자라야겠지만 어린 나무는 이제 참나무라는 이름을 갖게 될 것입니다.

견디는 행복

땅빈대

흔히 40대를 불혹不惑의 나이라고들 합니다. 흔들림이 없는 나이라는 뜻이지요. 그렇지만 40대에도 삶은 흔들림의 연속이라는 사실을, 40대를 살아보신 분들이라면 모두 공감하실 겁니다. 삶을 마감 짓는 순간까지 삶의 흔들림은 멈추지 않을 것 같습니다.

우리는 매순간 '선택'이라는 것을 하고, 선택의 순간과 마주하면 의당 흔들립니다. 다만 흔들림의 강도에 차이가 있을 뿐이지요. 어떠한 가치를 담고 있느냐에 따라 흔들림은 그 강도가 달라집니다. 반드시 자신이 지니고 있는 삶의 키워드가 어디를 향하고 있는지 주목해야 합니다.

사람마다 추구하는 가치는 다르지만 결국 사람은 행복해지기 위해 산다고 해도 과언은 아니라고 봅니다. 생활하면서 충분한 만족과 기쁨을 느끼며 흐뭇해하는 상태를 우리는 '행복'이라고 하지요.

맛있는 음식을 만족스럽게 먹어도 행복을 느끼고, 가족의 안녕安寧이 주는 안정감安定感을 느낄 때에도 기쁨과 행복을 맛봅니다. 자신이나 가족이 어떤 일을 해냈을 때의 성취감도 행복이 됩니다. 행복의 기준점을 어디에 찍어 놓았는지에 따라 행복의 포만감은 달라질 수 있습니다.

사회적 성공을 기준점으로 설정한 사람은 사회적 성공을 이루었을 때에만 행복해합니다. 부의 축적을 행복의 기준점으로 설정한 사람은 재산이 늘어날 때만 행복한 사람이 됩니다. 자식의 성공에 기준점을 설정한 사람은 자식이 잘될 때만 행복해하지요. 어느 한쪽으로 편중된 행복을 기준으로 설정하는 것은 매우 위험한 선택입니다. 저는 이런 것을 '절름발이 행복'이라고 부릅니다. 절름발이 행복을 기준점으로 설정한 대가는 매우 혹독합니다. 아름다운 청춘을 모두 흘려보내고 의지할 데 없는 늙음이 남았을 때 흑막이 걷히는 것이 바로 절름발이 행복의 속성이지요.

찰나의 행복을 위해 매일처럼 찾아오는 행복을 잊고 사는 것처럼 불행한 일은 없습니다. 무엇 무엇을 할 때만 행복한 사람보다 무엇 무엇을 해도 행복한 사람이 되는 게 좋습니다. 찾지도 못할 행복을 찾기 위해 자신의 인생을 걸어야 한다면, 아찔합니다. 현기증에 온몸에서 힘이 빠져나가는 것 같네요. 아마 저 또한 이 녀석을 만나지 않았더라면, 찾지도 못할 행복을 찾기 위해 절름발이 인생을 살고 있을지도 모릅니다.

내 삶에는 어떤 가치를 담아낼 수 있을까

지금부터, 땅에 납작 엎드려 제 몸을 키우면서 꽃도 피우고 씨앗도 여물게 하는 대단한 녀석을 소개할까 합니다. 땅에 납작 들러붙어 있는 모습이 마치 빈대가 숨어서 때를 기다리는 모습 같다고 하여 이 녀석은 '땅빈대'라는 이름을 얻었습니다. 일명 '비단풀'이라고도 하지요.

요즘 이 녀석의 인기가 폭주하고 있다지요. 식물은 저마다 고유의 특성을 가지는데, 땅빈대의 줄기를 꺾어보면 하얀 즙이 나옵니다. 특히 약성藥性이 강한 식물들에게서 나타나는 특성입니다. 하얀 즙이 나오는 식물은 항암 효과가 뛰어나다고 해서 사람들에게 주목받곤 합니다.

사람에게 이롭다는, 특히 항암에 뛰어나다는 방송을 타는 순간부터 고난은 예고되었습니다. '천기누설'이란 프로그램이 케이블TV에 등장하면서 우리나라에 자생하는 동식물들이 고난을 겪고 있다는 후문입니다. 국립공원을 포함한 모든 산과 들에 약초에 '약' 자도 모르는 사람들까지 덩달아 곡괭이를 들고 다닌다는데, 이것저것 닥치는 대로 캐고 버리고 반복하면서 수많은 식물들이 황천행으로 치닫고 있는 실정입니다. 동식물의 생태는 그렇게 위협을 받으며 멸종으로 치닫기도 합니다. 안타까움에 몸이 떨리는 현실이 무섭기도 합니다.

땅에 납작 엎드린 땅빈대는 평지에 햇볕이 잘 들며 물 빠짐이 좋은 곳을 선호합니다. 그렇지만 식물은 선호하는 곳이 있어도 선택할 수 없다는 한계가 있지요. 다른 식물들과 자리다툼을 할 만한 여력이 없는 땅빈대는 사람들의 발길이 잦은 곳에서도 찾아볼 수 있습니다. 요즘은 보도블록 사이에서 이 녀석을 만나기가 더 쉽습니다. 보도블록의 틈새를 공략하는 이 녀석들의 삶을 헤집어보면 장하다는 생각밖에 들지 않습니다.

사람들 발에 밟히면 밟힐수록 생명력은 더욱 강해집니다. 밟히면서도 꽃을 피우고 짓이겨지더라도 반드시 씨앗을 여물게 하지요.

땅빈대가 추구하는 삶은 오직 씨앗을 여물게 하는 것에 가치가 실려 있을 것 같지만, 보도블록의 틈새에 자신을 꿰맞춰 가는 과정이 땅빈대의 진정한 가치라고 저는 생각합니다. 그곳이 어디인들 그곳을 자신의 공간으로 만들면서 자신의 가치를 실현시키는 능력을 무엇이라 표현해야 할까요? 그 어떤 두려움도 없이 자신의 길을 당당히 걷는 땅빈대는 자신이 설정한 삶의 가치에 따라 행복한 광합성을 하고 있습니다.

눈에 띄지 않을 속도지만 분명히 가지를 키워 작은 잎 하나하나를 만드는 땅빈대는 꽃 한 송이 한 송이를 피워내며 살아 있는 자신의 행복을 확인합니다. 보도블록 사이의 빈곤한 삶을 행복으로 바꾸는 것을 가치로 삼는 것 같습니다.

땅빈대의 가치에 대해 말하기 시작하면 사람들은 하나둘 쪼그려 앉아 그 녀석을 인식하기 시작합니다. 서 있던 사람들의 시선을 단박에 사로잡는 땅빈대의 가치는 우리의 내면에 숨겨져 있는 무엇을 건드렸을까요. 높은 곳만 바라보며 위로 오르는 일을 최상이라고 생각했던 사람들에게 낮은 곳에서도 최상의 가치를 만들 수 있는 가능성을 땅빈대가 보여주었기 때문이 아닐까 저는 생각합니다.

해설을 마쳤음에도 불구하고 땅빈대의 줄기를 소중히 건드리고 있는 많은 사람들의 눈빛과 손길에서 느낄 수 있습니다. '너는 이 낮은 곳에서도 견뎌가며 최상의 삶을 만들어내는구나. 내 삶의 그릇에는 어떤 가치를 담아낼 수 있을까?' 고민하고 있음을. 날마다 새로워지며 오늘을 살아내고 있는 땅빈대의 삶에서, 저뿐만 아니라 많은 사람들이 진정 소중한 가치를 발견하고 있습니다.

마흔여덟 해를 살아내고 있는 저의 삶에서 가치를 논한다면, 매일처럼 찾아드는 시간에서 행복을 찾는 노력이라고 말하겠습니다. 혼자 있어 심심하다 생각되면 책을 펼쳐드는 행복을 맛볼 것이며, 사람들과 마주하는 시간은 소통하는 행복으로 미소를 잃지 않으려 합니다. 삶의 고통과 마주하는 시간이 찾아오면 견디는 행복으로 다음의 시간을 기다리는 재주를 발휘할 것입니다. 눈 덮인 산속에서 먹을 것을 구하지 못해 굶주림을 견디는 산짐승의 고통보다는 덜할 테니까요. 부상당한 노루 새끼에게는 하루하루를 버텨내는 시간일지 모를 이 순간을 저는 행복으로 살고 있으니 삶과 마주하는 고통을 고통이라 할 수도 없겠지요.

많이 가지는 법보다 나누는 법을 더 소중한 가치로 두고, 이해받는 편보다 이해하는 편을 더 선호할 것이며, 비난하는 자세보다 격려하는 행동을 앞세울 것입니다. 나만 행복해지는 법은 삭제하고 더불어 행복해지는 법을 설정하여 나의 가치로 만들어가는 일. 바로 그런 일들이 제가 실현하고자 하는 저의 가치입니다.

땅빈대

보도블럭 사이로
땅빈대가
씨앗을 여물었습니다.
"작전 성공!"

땅빈대는 땅바닥에 납작 엎드려 사는 식물 친구입니다.
가장 낮은 자리에서 살고 있지만, 생명력도 강합니다.
강해야 살 수 있기에, 조건 따위는 문제가 될 수 없습니다.
영특하게도, 자신의 몸을 전혀 치켜들지 않습니다.
크기도 작아 보도블록 사이에서 가지를 치고, 꽃도 피우지요!
결국 자기가 살아내야 할 공간을 확보하고,
그 공간에 맞춰서만 자란다는 것이 여간 신기합니다.
가장 낮은 자리를 선택했지만, 그곳에서 가장 행복합니다.
높이 오르려고만 하는 세상에서
땅빈대는, 우리에게 소중한 가르침을 주고 있습니다.
위치에 연연해하고
소유에 집착하는 우리들에게 소리 없이 외칩니다.
"작전 실패!"

제4장

흙으로 돌아감

숲에는 청소하는 사람이 없다
버섯

누에나방의 유충인 누에가 실을 뽑으면 비단실이라 부르지만, 거미가 뽑아내는 실은 거미줄이라 부르며 게으름이나 가난의 상징처럼 되어버렸습니다. 거미줄을 치고 그 위에 앉아 있는 거미의 기다림을 사람들은 게으름의 시간으로 생각하는 것 같습니다. 그러나 거미는 성실함은 기본이고 매우 부지런한 동물이며 섬세하면서도 민감한 동물입니다.

거미집을 끊임없이 없앤들 거미는 같은 장소에 반드시 거미집을 다시 짓는 인내의 동물이며, 기다림의 시간을 생명의 시간으로 엄숙히 바꿀 줄 아는 삶의 깊이가 남다른 동물이기도 하지요.

사람이 사람인 이유

한편, 남다른 모성애로 새끼를 키우는 거미도 많습니다. 흔히 이 거미를 두고 사람들은 잔혹한 거미, 또는 모성애가 쩔쩔 끓는 거미라고 말하기도 합니다. 바로 염낭거미를 일컫는 말입니다. 염낭거미는 산란기가 되면 볏잎이나 대나무잎 같은, 주변의 나란히맥을 가진 식물의 잎을 절반으로 접고 먹이를 보관할 때 쓰는 거미줄을 이용하여 산란처를 폐쇄시킨 뒤 산란을 합니다.

그리고 산란을 마친 염낭거미 어미는 자신의 몸을 새끼에게 내어주는데, 다가올 두려움을 본능적으로 예견하고 자신의 몸을 볏잎에 꽁꽁 동여맵니다. 알에서 태어난 새끼에게 자신의 몸을 헌사하면서 염낭거미는 생을 마칩니다.

다가올 두려움을 견디기 위해 배수의 진을 치는 염낭거미 어미는 숭고한 사랑을 실천할 줄 아는 멋진 거미입니다. 낳은 자식도 버리고 자신을 키워준 부모도 외면하는 사람의 세상이 그저 부끄러울 따름이지요. 세상의 모든 거미가 염낭거미처럼 제 새끼를 위해 온몸을 희생하지는 않아도 거미는 새끼를 버리는 일 따위는 하지 않습니다.

사람의 우월성은 본능을 제어하는 이성에 있기에 사람은 사람의 도리를 한다고 생각하지만, 자식을 버리는 비정한 부모의 행동이 우리가 말하는 이성의 결과물이라면 차라리 동물의 본능을 유지하는 것이 더

부화를 마친 무당거미 새끼들이 모여 있다.

나을지도 모를 일입니다.

비단 염낭거미뿐만이 아닙니다. 동물과 곤충 그리고 식물에 이르기까지, 종족 보존을 위한 그들의 몸짓은 엄숙합니다. 본능에 충실한 몸짓은 거짓이 없습니다. 그래서 그들의 삶은 거짓이 아니며 위선을 가장할 필요도 없습니다.

동물이 더러운 제 몸을 아낌없이 핥는 모습을 보면서, 또는 아무리 열악한 환경일망정 기어이 씨앗을 여물게 하는 식물의 의지를 보면서 무언가를 깨닫지 못한다면 우리는 삶에 장애를 갖고 있는 것입니다.

사람이 사람인 이유를 제대로 채우려면 세 가지 본성本性을 갖추어야 한다고 생각합니다. 야성野性, 이성理性, 덕성德性. 이 세 가지 덕목을 갖추었을 때 우리가 흔히 말하는, 사람이 사람인 이유를 충족시킬 수 있지 않을까요. 야성野性 없는 이성理性이라면 실천가가 될 수 없고, 이성만 있는 사람은 인간애가 없으며, 이성 없는 덕성德性은 분별력을 잃어 사람만 좋다는 소리를 듣고 맙니다. 가장 이상적인 사람이 되려면 이 세 가지 조건을 두루 갖추고 세상과 관계할 줄 알아야 합니다. 인간사, 참 어렵습니다.

본디 야성은 살아 있는 모든 생명이 지니는 근본根本의 품성品性이지요. 야성은 거짓이 없으며 꾸밈이 없고 오직 본능에 충실함만 있기에, 야성의 법은 곧 자연의 법이고 자연의 법엔 오직 야성의 도道가 있을 뿐입니다.

이성은 어떨까요? 짐승만도 못한 사람이 되지 않으려면 이성의 덕목은 사람에게 필수 덕목입니다. 그렇지만 이성은 가끔 거짓이 뒤따릅니다. 위선을 종종 이용해야 하며, 인간이 사회적 동물임을 반드시 증명해 내야만 하는 무거운 책임이 있습니다. 또한 언제 튀어오를지 모를 야성의 힘을 제어할 줄 알아야 진정한 이성적 인간의 반열에 오를 수 있습니다. 이성理性, 참 어렵죠!

그리고 세 번째 덕목인 덕성은 어떨까요? 선과 악의 개념보다 더 상위의 개념으로서 인간이 가질 수 있는 최고의 덕목이 되겠네요. 흔히 군자君子와 소인小人으로 나뉘는 분수령이 되는데, 이성만 있으면 소인으로, 순수한 이성과 덕성을 함께 갖추면 군자가 되는 것이지요.

자연이 가진 근원의 힘인 야성을 벗어나 이성의 세상에서 덕德을 추구하며 살고 있는 사람들의 세상이 야성의 세상보다 훨씬 안전한 구도를 가졌을까요? 자연계의 생태 피라미드는 근원의 힘을 그대로 유지한 반면, 자연계의 힘인 야성을 벗어나 인간 세상에서 무리지어 사는 인간계의 생태 피라미드는 어떠한가요? 이른바 자본주의 피라미드라는 구조를 탄생시켰지만 자연의 야성을 한편으론 그대로 담고 있습니다. 거미는 거미줄에 걸린 자신의 먹이만 먹는 솔직한 야성이 있다면, 사람들은 자신의 욕망을 실현하기 위해 피라미드 경계를 넘나드는 야성의 힘으로 먹이를 가리지 않는 포식자가 되었다는 것이 다릅니다.

거미줄을 만들지 않았는데 먹이를 구할 수 있는 거미는 없습니다. 거미는 기다림의 시간을 먹이로 바꿀 줄 아는 정직함으로 세상과 관계하지만, 사람의 세상에서는 거미줄을 만들지 않고도 먹이를 구하려는 사람들로 가득합니다. 불합리한 경제 피라미드 구조는 과연 우리가 원하는 세상일까요? 배가 불러도 먹이를 거부하지 않는 위선. 그 이성의 세상에서 최상의 포식자는 역시 돈이지요.

자연계의 생태 피라미드 구조는 생산자와 소비자가 엄격히 분류되어 있고 먹이의 구조가 분산되어 있어 수억 년의 역사를 담을 수 있지만, 자본주의 피라미드 구조는 글쎄요. 돈의 힘을 이용해 생산자를 없앤다든가 생산자를 학대하는 행위들을 멈추지 못한다면 자본주의 피라미드는 결국 안정을 찾지 못할 것입니다.

지구에서 인간이 기록한 시간을 살펴보면, '지구'라는 여자가 60세라고 했을 때 그녀의 몸에서 불과 며칠 전에 생겨난 세포의 역사와 같습니다. 그토록 짧은 시간에 찬란한 문명을 이룩해낸 우리의 모습이 훌륭하긴 하지만 너무 우쭐거리는 건 아닐런지요? 거미의 시간과 비교하면 참으로 볼품없는 시간입니다. 그 작은 세포의 역사가 60세인 지구의 야성을 이기는 것이 가능하기나 할까요? 거미가 4억 년 동안 지구에 그 존재감을 축적할 수 있었던 것은 지구가 부여해준 야성을 고이 간직했기에 가능했을 것입니다.

호랑이는 최고의 포식자지만 배고파 굶어 죽을지언정 결코 풀을 뜯지 않습니다. 그것은 그들의 먹이가 풀이 아니기 때문입니다. 사냥에 실패한 호랑이는 배고픔을 견디며 다음 기회를 엿보고 그동안 살아남은 초식동물들은 생존 개체수를 늘립니다. 그렇게 숫자가 불어난 초식동물들이 대지에 배설물을 더 만들어내면 그 배설물로 인해 생산자인 식물의 숫자는 더 늘어나게 되지요.

자연의 피라미드는 이처럼 엄격한 구조로 되어 있어 서로의 경계를 넘나들지 않으면서 넘치고 부족함이 없는 완벽한 구조로 60억 년 동안 자신의 야성으로 생명을 지배해 왔습니다. 우리가 육체라는 생명에 머물러 있는 한 야성의 힘을 배제한다는 것은 참으로 어려운 일이지요.

흔히 이성의 힘으로 야성을 조절할 것이라 생각하지만 그것은 착각입니다. 사람이 만들어낸 법으로 사람을 통제할 수 있을 것이라 단언하지만, 먹잇감을 상실당한 육체라면 야성을 드러내기 마련입니다. 그래서 '덕'이란 개념을 들여놓긴 했습니다만, 글쎄요. 배고픔의 야성이 덕을 순순히 받아들일까요? 아니지요, 아닙니다. 배고픈 사자가 어린 짐승을 잡아먹을 때 가엾다고 그냥 놓아줄까요? 거미줄에 걸린 나비를 보며 아름

식물은 어떤 환경에서든 살아남을 방법을 찾아낸다.

답다고 거미가 나비를 풀어주겠습니까?

덕德은 야성을 순화시키고 과도한 이성을 통제하는 이상적인 개념이긴 하지만, 사람의 세상에서 사람이 추구해야 할 최선의 도구이자 인간계를 지켜내는 마지막 보루일 뿐입니다.

자연은 사람에게 두려운 존재였고 야성만으로 인간의 사회를 만들 수 없기에 이성을 습득했지만, 야성을 바탕으로 한 이성은 순수를 거부하였기에 덕성이란 감성을 붙들고 있는지도 모릅니다.

사람의 바탕엔 사람이 있어야 합니다. 같은 먹이를 두고 싸움을 피할 수 없을 때 싸움을 치르기보다 나눠먹는 법을 익히고, 인간계의 피라미드 구조를 수평으로 바꿀 수 있다면 어떨까요? 자연을 학대하면서 얻는 재화나 재물들로 인간계의 피라미드에서 정점을 찍으려 한다면 지구라는 이름을 가진 그녀의 손톱이 얼마 전에 생겨난 가려운 세포를 박박 긁어 털어낼지도 모를 일입니다.

어떤가요? 거미가 거미줄에 앉아 먹이를 기다리는 긴긴 기다림의 시간과 사람의 시간. 거미의 기다림은 게으름의 결과일까요?

4억 년 동안 세상과 관계한 거미는 자연이 만든 시간의 결과입니다. 아라크네 신화의 이름을 빌어 인간은 거미가 가진 재능을 훔치고 싶었겠지만, 거미가 가진 재능은 4억 년이 비축된 어마어마한 시간을 투자한 고강도의 재능입니다. 백번의 부서짐이 있어도 백한 번째 집을 짓기 시작하는 거미의 성실함이 4억 년의 시간을 설계한 것입니다.

꽃만 고집하는 편협함으로 자연과 마주할 순 없습니다. 자연의 법엔

거미의 육아실. 거미는 알을 낳기 전에 육아실을 먼저 지어놓는다. 끈적임이 없는 거미줄로만 지으며, 부화된 새끼는 어미로부터 먹이를 공급받고 세상 밖으로 나갈 준비를 한다.

이성도 없고 덕성은 더구나 없습니다. 자연의 질서에서 이탈된 생명을 자연은 붙들어주지 않을 것입니다. 자연에 순화되지 않는 생명을 돌봐주는 관용 따위는 자연계에서 통하지 않을 테니까요.

사람이 사람인 이유가 사람에게 있듯이 자연이 자연인 이유도 자연에게 있습니다. 자연은 스스로를 낳고 스스로를 변화시킵니다. 생성과 소멸의 열쇠를 쥐고 있는 자연은 스스로 그러하기에 '자연自然'이라고 합니다.

자연의 규칙을 겸허히 받아들인 거미의 시간을 존중하며, 사람이 꽃보다 아름다운 이유들을 만들어 내기 위해 우리는 노력을 아끼지 말아야 합니다. 이슬방울 종종이 걸려 있는 거미줄을 스쳐가며 저는 고백하고 싶습니다. 이슬의 시간마저 존중해 주는 거미의 저 위대한 존재감을 사랑할 수밖에 없다고.

어느새 바람이 불어오고 있네요. 거미의 기다림이 거미집으로 바뀔 시간이 되었습니다. 기다림의 시간을 생명의 시간으로 바꿀 줄 아는 거미는 자연에 도통道通한 존재임에 틀림없는 것 같습니다.

삶의 답안지를 비워놓고

거위벌레

제가 올해로 마흔여덟이 되었습니다. 적은 나이도 아니지만 많은 나이도 아니지요. 마흔여덟의 삶에 담을 수 있는 삶의 부피는 어느 정도인지 저는 아직 모르겠습니다. 무엇을 담아야 마흔여덟다운 삶이 되는 것인지 마흔여덟의 삶으로는 무엇을 이야기해야 하는지, 마흔여덟의 삶은 어떤 가치를 실현해야 하는지 아직은 모르겠습니다.

사람들은 세월에 따라 나이를 먹습니다. 가만히 있어도 세월이 나이를 먹여주기도 하지만, 세월을 인식하며 사는 사람은 스스로 세월을 먹으면서 멋스럽게 나이듦을 맞이하기도 합니다.

세월을 이기려고 하면 주름살이 늘어나고, 세월을 받아들이면 경륜이 쌓인다고 하지요. 나무도 매번 맞이하는 겨울을 인식하고 자기 몸에 나이테를 남기면서 세월을 쌓습니다. 세월과는 전혀 관계가 없을 것 같은 조개도 껍데기에 나이테를 새기면서 세월을 쌓지요. 생명은 살아온 세월만큼의 시간을 제 몸에 반드시 기록합니다.

살아 숨 쉬는 생명에게 시간이란 과연 무엇일까요? 저는 생명에게 시간은 '기록'이라 생각합니다. 기록이 쌓여 삶의 부피가 된다는 생각입니다. 저에게도 이러저러한 시간들이 쌓이고 쌓여 마흔여덟 해의 시간 동안 삶의 공간이 확보되고 그만큼의 부피가 생겼습니다. 볼품없는 집이거나 좁아터진 집이라고 함부로 투덜거리지 말아야 합니다. 자신의 소중한 시간과 맞바꿈했다는 것 자체로 이미 위대한 흔적이 되니까요.

숲은 나무들이 공간을 채워 힘을 가집니다. 숲에 있는 나무 한 그루 한 그루가 제 공간을 확보하는 데 기울이는 시간과 노력은 우리가 상상할 수 있는 것이 못됩니다. 사람의 세상은 법의 보호를 받으며 생을 이어가지만 숲은 적자생존이라는 자연의 법이 일방통행되는 곳이지요.

사람이 태어날 때 부모를 정하지 못하듯 나무도 자신이 살 수 있는 공간을 정하지 못합니다. 나무는 씨앗이 떨어진 곳을 자신의 공간으로 확보했을 때만 삶이 주어지고, 사람은 성년이 될 때까지 부모가 확보해 낸 공간에서 보호를 받으며 성장하다가 자신만의 공간을 확보하기 위해 힘을 기릅니다.

나무가 스스로를 성장시키며 삶의 공간을 확보할 때 들였을 노력과 시간을 비교해 보세요. 우리의 투덜거림이 얼마나 보잘것없고 하찮은지 깨닫게 될 것입니다. 자신의 삶이 힘든 것은 삶을 살아내기 위한 힘을 길러내는 일을 게을리했기 때문입니다. 부모에게 물려받을 것이 없다거나 도움 받은 일이 없다며 투덜거리거나 원망하기도 하지요. 그렇다면 당신은 당신의 인생을 위해서 어떤 노력을 했나요? 당신의 부모님이 부여받은 생명의 시간을 이미 쪼갤 만큼 쪼개내었으니 마음만큼은 쪼개내지 말아야 합니다.

저도 마흔여덟의 나이에 저를 담을 수 있는 삶의 공간이 확보되었고, 부모님의 마음을 쪼개지 않아도 되니 이 정도면 삶의 부피는 충분할 듯합니다. 그렇다면 마흔여덟 해를 사는 동안 삶의 그릇은 무엇을 담아내려고 했는지 고민에 이릅니다. 글쎄요? 무엇을 담았을까요? 뒤죽박죽 무엇인지도 모를 것들이 잔뜩 담겨 있는 것 같습니다.

부모님 슬하에 있었던 소싯적의 삶은 덜어낸다고 생각해도 만만치 않은 분량이 마구 뒤섞여 있는 것 같은데요. 제가 부모님 슬하에서 완전한 독립을 하게 된 계기가 아무래도 결혼생활의 시작이고 보면 저의 삶을 직접 담았던 시간은 결혼생활을 하며 부모의 역할을 한 시간들이 될 듯합니다.

사람이 저마다 세상에 태어날 때 운명의 옷을 맞춰 입고 태어나진 않습니다. 스스로의 삶에서 운명이란 옷이 입혀진다고 생각하면 삶이 결코 가벼울 수가 없습니다. 운명을 결정하는 행위들이 많이 이뤄지는 20대에 사람은 삶의 두려움을 모른다는 치명적인 결함을 안고 있습니다.

세월의 연륜을 쌓은 어른도 많고 참고서적도 많으나 젊은이의 무모함을 잠재울 수 있는 묘약은 그리 쉽게 발견되지 않습니다. 어른이 되기 위한 흔들림의 연속을 견뎌야만 세월의 무게를 견디는 어른이 되는 것이라면, 이 또한 살면서 풀어내야 할 숙제일지도 모릅니다.

요람을 만드는 작은 턱

부모 되는 일은 쉽지만 부모 노릇을 제대로 해낸다는 것은 세상에서 가장 어려운 일임에 틀림없는 것 같습니다. 타인과의 관계라면 예습복습이 제법 통하기도 하고 이를 통해 인정받는 경우도 많겠지만, 부모자식 사이는 삶의 공식을 대입시켜 풀어야 할 문제 풀이가 아니라 답안지를 영원히 비워두어야 하는 숙제라는 사실을 저는 숲에 살고 있는 작은 벌레에게서 배웠습니다.

숲에 사는 그 작은 녀석은 거위벌레입니다. 녀석의 몸은 6~8mm 정

개모시 풀에 거위벌레가 알을 낳고 잎을 말아 요람을 만들어놓았다.

도로 아주 작습니다. 딱정벌레목에 속하는 거위벌레는 특이한 방법으로
알을 낳습니다. 주로 참나무 열매인 도토리에 알을 낳는 도토리거위벌
레와 식물의 잎에 알을 낳는 거위벌레가 있습니다.

　식물의 잎에 알을 낳을 경우에는 잎의 끝 부분을 구부려 접은 뒤 알
을 낳는데, 알이 다치지 않도록 알의 크기만큼 잎을 오려낸 뒤 구부려
접어놓습니다. 그리고는 끝부터 시작해 돌돌 말아 요람을 만들기 시작
하지요. 이때 잎이 손상되지 않게 잎맥에 상처를 내면서 서서히 구부려
접습니다. 돌돌 말린 식물의 잎은 접을 수 있을 만큼만 상처를 내되 줄
기로부터 양분을 흡수할 수 있도록 완전히 끊어놓지 않습니다. 요람의
역할을 충분히 해낼 수 있게 설계를 하는 것이지요. 알에서 애벌레가
부화하고 나면 성체가 될 때까지 싱싱한 잎을 먹을 수 있고 요람 안에

거위벌레가 말아놓은 잎을 펼쳐보니 노란 알이 보인다(원 안).

서 안전을 보장받습니다. 놀랍기도 하고 경외심에 그저 숙연함이 느껴지는 대목입니다.

한두 개의 알을 낳기 위해 거위벌레는 잎을 재단하는데, 잎을 돌돌 말기 위해서는 적당한 간격으로 잎맥에 상처를 내야 합니다. 그 작은 몸을 얼마나 많은 시간 동안 분주히 움직여야 할까요? 싱싱한 잎을 새끼에게 먹이기 위해 정교한 작업을 묵묵히 해내는 시간은 약 4~5시간 정도가 소요됩니다. 거위벌레가 요람을 만들기 위해 재단해 놓은 잎을 펼

도토리거위벌레가 도토리에 알을 낳고 참나무 가지를 떨어뜨려 놓았다.

쳐보면 경건함에 기어이 옷깃을 여미게 되지요. 부모란 위대함을 갖추지
못한다면 감히 욕심내기 어려운 단어인 듯합니다.

울타리를 마련했다면 과감히 돌아서야지

부모의 겸손은 조건 없는 희생을 바탕으로 만들어져야 합니다. 도토
리거위벌레는 도토리 열매에 알을 낳는데, 도토리 열매가 완전히 익었
을 때보다 덜 익었을 때를 선호합니다. 도토리는 익으면 익을수록 껍질
이 단단해지기 때문이지요. 덜 익은 도토리 열매에 구멍을 뚫어 알을
낳은 다음 나뭇가지를 턱으로 갉아 땅으로 떨어뜨립니다. 이때 도토리
나뭇가지에는 반드시 잎이 매달려 있습니다.

그런데 이 녀석, 알을 낳은 도토리만 떨어뜨리면 되는데 굳이 잎이 달

린 나뭇가지를 힘들여 갉아내는 이유가 뭘까요? 여기엔 소중한 알을 공기의 저항이라는 힘을 빌려 땅에 안착시키려는 어미의 속 깊은 배려가 담겨 있습니다. 나뭇가지가 땅으로 떨어질 때의 충격을 줄여주기 위한 지혜로운 방법이 되겠네요.

이 내용은 거위벌레의 삶에서 찾아낸 저만의 해석이었는데, 이젠 많은 해설가들에게 알려졌고 보편화가 되었습니다.

땅으로 떨어진 진동을 감지한 알은 부화를 하고 도토리 열매를 먹으며 성장을 합니다. 그리고 흙속에서 번데기 상태로 있다가 성체가 되지요.

이 작은 거위벌레가 참나무 가지를 턱으로 갉는다는 것은 결코 쉬운 일이 아닐 겁니다. 거위벌레가 식물의 잎을 돌돌 말아 새끼의 요람을 만들거나 도토리 열매에 알을 낳고 나뭇가지를 갉는 일은 오직 제 새끼를 키우기 위한, 처연하고도 경건한 의식입니다.

나뭇가지를 떨어뜨리는 순간이나 식물의 잎으로 요람을 만들어주고 떠나는 행위들을 거위벌레는 어미의 희생으로 기록하지 않을 것입니다. 무사히 성장하여 온전한 성체가 되길 기원하는 마음을 요람과 도토리 속에 꾹꾹 눌러 담았기에 성장의 답안지는 비워두고 그대로 그곳을 떠날 수 있었을 겁니다.

아이를 낳아보고 키워봐야 인생의 맛을 제대로 느낀다고 합니다. 아이들을 키우면서 부모의 마음을 이해하고, 그 마음들이 자신을 진정한 어른으로 이끄는 동력이 되지요. 결혼하고 아이를 낳아 키워보신 분들이라면 누구나 공감하는 것이 있습니다. 바로 욕심입니다.

"내 아이는 이랬으면 해.""내 아이는 커서 이런 사람이 되어주면 좋겠어.""내 아이의 직업은 ○○이면 좋겠어."

부모의 바람을 아이의 답안지에 적어넣는 순간부터 충돌이 발생하면서 곤란한 상황들을 만들어내곤 합니다. 부모라면 누구나 경험하는 문제이기도 하지요. 저에게도 삼남매의 아이들이 있습니다. 그러니 제가 작성했던 답안지의 용량이 얼마나 컸겠습니까!

'큰아들은 공부를 잘하니까 한의사를 만들까? 작은아들은 경찰공무원이 되면 좋겠다! 어릴 적부터 똑 부러지던 막내딸은 뭘 시킬까?' 아이들의 생각이나 특성은 고려하지 않고 그저 제가 생각하고 있는 꿈을 적어넣고 삼남매를 다그치곤 했습니다. 아이들은 아이들대로 저는 저대로 많은 갈등과 불협화음 속에서 서로를 상처내며 얼마나 힘겨웠겠습니까. 제가 적어놓은 답안지를 비워낸다는 것은 결코 쉽지 않은 일이었습니다.

그런데 어느 날 거위벌레가 만들어놓은 개모시 풀 요람을 보면서 저는 깨달았지요. 온 정성을 기울여 만들어 놓은 알집을 뒤로 하고 거위벌레는 어떻게 떠날 수 있었는가? 자식의 성장을 위해 답안지를 비워야 하는 이유, 바로 겸손한 용기가 필요했던 부분이었습니다. 온유한 희생이나 사랑보다는 집착에 가까웠던 겸손치 못한 답안지는 욕심과 욕망으로 혼탁함이 가득 실려 있었던 것입니다. 지금은 자신이 선택한 분야에서 최고가 아니어도 최상의 삶을 살아가고 있는 아이들에게 저의 답안지가 얼마나 보잘것없었는지, 부끄러운 부모였던 것을 후회합니다.

사랑인지 집착인지 도무지 헷갈리는 상황에서 서로가 서로에게 상처를 입히면서 극한 상황에 내몰리는 악순환이 삶을 지옥으로 만들기도 합니다. 상처가 너무 크다 보니 상대의 아픔을 돌아봐주지 않고, 결국 서로의 원망이 깊어져 기어이 굴곡을 만들어냅니다.

부모는 아이들의 답안지에 무언가 적지 않아야 합니다. 혹시나 내 욕심을 적고 싶은 욕망이 발동하거든 거위벌레처럼 견고한 장치들을 아이들이 걸어가는 길에 꾹꾹 눌러 담길 바랍니다. 자신의 답안지는 꼼꼼히 살피면서 꾹꾹 눌러 적되, 자식 또는 다른 사람과의 관계에 있어서는 언제나 답안지를 비워두는 지혜를 발휘해 보세요.

"남편이(아내가) 적어도 이 정도는 해줘야지." "부모라면 적어도 이 정도는 해줄 수 있는 거 아냐." "며느리(사위)가 이랬으면 해." "친구가 이것도 못 해줘?"

참으로 복잡한 답안지 항목들을 줄이거나 없애다 보면 자신의 삶이 얼마나 간결해지고 아름다워지는지 경험할 수 있을 겁니다. 삶의 그릇은 적당히 비워내야 썩지 않고 채워집니다. 생명이 숨 쉴 수 있는 공간을 확보해 나가는 것이지요. 생명은 반드시 충분한 공간이 확보될 때 더 강한 생명력을 가지기 때문입니다. 부모가 겸손한 용기를 가질 수 있어야 아이들은 저희들의 답안지를 채워 나갈 용기를 가지지 않을까요?

땅으로 떨어진 도토리는 거위벌레, 다람쥐, 도토리묵의 고비를 넘기고 급히 뿌리를 내리고 대지를 파고들었습니다. 나무에겐 '이만하면 되겠지' 따위의 말은 없습니다. 한 그루의 나무를 키워내기 위해 매년 수많은 열매를 맺곤 하지요. 숲의 일원이 되기 위해서는 부지런히 자라야겠지만 어린 나무는 이제 참나무라는 이름을 갖게 될 것입니다.

견디는 행복

땅빈대

흔히 40대를 불혹不惑의 나이라고들 합니다. 흔들림이 없는 나이라는 뜻이지요. 그렇지만 40대에도 삶은 흔들림의 연속이라는 사실을, 40대를 살아보신 분들이라면 모두 공감하실 겁니다. 삶을 마감 짓는 순간까지 삶의 흔들림은 멈추지 않을 것 같습니다.

우리는 매순간 '선택'이라는 것을 하고, 선택의 순간과 마주하면 의당 흔들립니다. 다만 흔들림의 강도에 차이가 있을 뿐이지요. 어떠한 가치를 담고 있느냐에 따라 흔들림은 그 강도가 달라집니다. 반드시 자신이 지니고 있는 삶의 키워드가 어디를 향하고 있는지 주목해야 합니다.

사람마다 추구하는 가치는 다르지만 결국 사람은 행복해지기 위해 산다고 해도 과언은 아니라고 봅니다. 생활하면서 충분한 만족과 기쁨을 느끼며 흐뭇해하는 상태를 우리는 '행복'이라고 하지요.

맛있는 음식을 만족스럽게 먹어도 행복을 느끼고, 가족의 안녕安寧이 주는 안정감安定感을 느낄 때에도 기쁨과 행복을 맛봅니다. 자신이나 가족이 어떤 일을 해냈을 때의 성취감도 행복이 됩니다. 행복의 기준점을 어디에 찍어 놓았는지에 따라 행복의 포만감은 달라질 수 있습니다.

사회적 성공을 기준점으로 설정한 사람은 사회적 성공을 이루었을 때에만 행복해합니다. 부의 축적을 행복의 기준점으로 설정한 사람은 재산이 늘어날 때만 행복한 사람이 됩니다. 자식의 성공에 기준점을 설정한 사람은 자식이 잘될 때만 행복해하지요. 어느 한쪽으로 편중된 행복을 기준으로 설정하는 것은 매우 위험한 선택입니다. 저는 이런 것을 '절름발이 행복'이라고 부릅니다. 절름발이 행복을 기준점으로 설정한 대가는 매우 혹독합니다. 아름다운 청춘을 모두 흘려보내고 의지할 데 없는 늙음이 남았을 때 흑막이 걷히는 것이 바로 절름발이 행복의 속성이지요.

찰나의 행복을 위해 매일처럼 찾아오는 행복을 잊고 사는 것처럼 불행한 일은 없습니다. 무엇 무엇을 할 때만 행복한 사람보다 무엇 무엇을 해도 행복한 사람이 되는 게 좋습니다. 찾지도 못할 행복을 찾기 위해 자신의 인생을 걸어야 한다면, 아찔합니다. 현기증에 온몸에서 힘이 빠져나가는 것 같네요. 아마 저 또한 이 녀석을 만나지 않았더라면, 찾지도 못할 행복을 찾기 위해 절름발이 인생을 살고 있을지도 모릅니다.

내 삶에는 어떤 가치를 담아낼 수 있을까

지금부터, 땅에 납작 엎드려 제 몸을 키우면서 꽃도 피우고 씨앗도 여물게 하는 대단한 녀석을 소개할까 합니다. 땅에 납작 들러붙어 있는 모습이 마치 빈대가 숨어서 때를 기다리는 모습 같다고 하여 이 녀석은 '땅빈대'라는 이름을 얻었습니다. 일명 '비단풀'이라고도 하지요.

요즘 이 녀석의 인기가 폭주하고 있다지요. 식물은 저마다 고유의 특성을 가지는데, 땅빈대의 줄기를 꺾어보면 하얀 즙이 나옵니다. 특히 약성藥性이 강한 식물들에게서 나타나는 특성입니다. 하얀 즙이 나오는 식물은 항암 효과가 뛰어나다고 해서 사람들에게 주목받곤 합니다.

사람에게 이롭다는, 특히 항암에 뛰어나다는 방송을 타는 순간부터 고난은 예고되었습니다. '천기누설'이란 프로그램이 케이블TV에 등장하면서 우리나라에 자생하는 동식물들이 고난을 겪고 있다는 후문입니다. 국립공원을 포함한 모든 산과 들에 약초에 '약' 자도 모르는 사람들까지 덩달아 곡괭이를 들고 다닌다는데, 이것저것 닥치는 대로 캐고 버리고 반복하면서 수많은 식물들이 황천행으로 치닫고 있는 실정입니다. 동식물의 생태는 그렇게 위협을 받으며 멸종으로 치닫기도 합니다. 안타까움에 몸이 떨리는 현실이 무섭기도 합니다.

땅에 납작 엎드린 땅빈대는 평지에 햇볕이 잘 들며 물 빠짐이 좋은 곳을 선호합니다. 그렇지만 식물은 선호하는 곳이 있어도 선택할 수 없다는 한계가 있지요. 다른 식물들과 자리다툼을 할 만한 여력이 없는 땅빈대는 사람들의 발길이 잦은 곳에서도 찾아볼 수 있습니다. 요즘은 보도블록 사이에서 이 녀석을 만나기가 더 쉽습니다. 보도블록의 틈새를 공략하는 이 녀석들의 삶을 헤집어보면 장하다는 생각밖에 들지 않습니다.

사람들 발에 밟히면 밟힐수록 생명력은 더욱 강해집니다. 밟히면서도 꽃을 피우고 짓이겨지더라도 반드시 씨앗을 여물게 하지요.

땅빈대가 추구하는 삶은 오직 씨앗을 여물게 하는 것에 가치가 실려 있을 것 같지만, 보도블록의 틈새에 자신을 꿰맞춰 가는 과정이 땅빈대의 진정한 가치라고 저는 생각합니다. 그곳이 어디인들 그곳을 자신의 공간으로 만들면서 자신의 가치를 실현시키는 능력을 무엇이라 표현해야 할까요? 그 어떤 두려움도 없이 자신의 길을 당당히 걷는 땅빈대는 자신이 설정한 삶의 가치에 따라 행복한 광합성을 하고 있습니다.

눈에 띄지 않을 속도지만 분명히 가지를 키워 작은 잎 하나하나를 만드는 땅빈대는 꽃 한 송이 한 송이를 피워내며 살아 있는 자신의 행복을 확인합니다. 보도블록 사이의 빈곤한 삶을 행복으로 바꾸는 것을 가치로 삼는 것 같습니다.

땅빈대의 가치에 대해 말하기 시작하면 사람들은 하나둘 쪼그려 앉아 그 녀석을 인식하기 시작합니다. 서 있던 사람들의 시선을 단박에 사로잡는 땅빈대의 가치는 우리의 내면에 숨겨져 있는 무엇을 건드렸을까요. 높은 곳만 바라보며 위로 오르는 일을 최상이라고 생각했던 사람들에게 낮은 곳에서도 최상의 가치를 만들 수 있는 가능성을 땅빈대가 보여주었기 때문이 아닐까 저는 생각합니다.

해설을 마쳤음에도 불구하고 땅빈대의 줄기를 소중히 건드리고 있는 많은 사람들의 눈빛과 손길에서 느낄 수 있습니다. '너는 이 낮은 곳에서도 견뎌가며 최상의 삶을 만들어내는구나. 내 삶의 그릇에는 어떤 가치를 담아낼 수 있을까?' 고민하고 있음을. 날마다 새로워지며 오늘을 살아내고 있는 땅빈대의 삶에서, 저뿐만 아니라 많은 사람들이 진정 소중한 가치를 발견하고 있습니다.

마흔여덟 해를 살아내고 있는 저의 삶에서 가치를 논한다면, 매일처럼 찾아드는 시간에서 행복을 찾는 노력이라고 말하겠습니다. 혼자 있어 심심하다 생각되면 책을 펼쳐드는 행복을 맛볼 것이며, 사람들과 마주하는 시간은 소통하는 행복으로 미소를 잃지 않으려 합니다. 삶의 고통과 마주하는 시간이 찾아오면 견디는 행복으로 다음의 시간을 기다리는 재주를 발휘할 것입니다. 눈 덮인 산속에서 먹을 것을 구하지 못해 굶주림을 견디는 산짐승의 고통보다는 덜할 테니까요. 부상당한 노루 새끼에게는 하루하루를 버텨내는 시간일지 모를 이 순간을 저는 행복으로 살고 있으니 삶과 마주하는 고통을 고통이라 할 수도 없겠지요.

많이 가지는 법보다 나누는 법을 더 소중한 가치로 두고, 이해받는 편보다 이해하는 편을 더 선호할 것이며, 비난하는 자세보다 격려하는 행동을 앞세울 것입니다. 나만 행복해지는 법은 삭제하고 더불어 행복해지는 법을 설정하여 나의 가치로 만들어가는 일. 바로 그런 일들이 제가 실현하고자 하는 저의 가치입니다.

땅빈대

보도블럭 사이로

땅빈대가

씨앗을 여물었습니다.

"작전 성공!"

땅빈대는 땅바닥에 납작 엎드려 사는 식물 친구입니다.

가장 낮은 자리에서 살고 있지만, 생명력도 강합니다.

강해야 살 수 있기에, 조건 따위는 문제가 될 수 없습니다.

영특하게도, 자신의 몸을 전혀 치켜들지 않습니다.

크기도 작아 보도블록 사이에서 가지를 치고, 꽃도 피우지요!

결국 자기가 살아내야 할 공간을 확보하고,

그 공간에 맞춰서만 자란다는 것이 여간 신기합니다.

가장 낮은 자리를 선택했지만, 그곳에서 가장 행복합니다.

높이 오르려고만 하는 세상에서

땅빈대는, 우리에게 소중한 가르침을 주고 있습니다.

위치에 연연해하고

소유에 집착하는 우리들에게 소리 없이 외칩니다.

"작전 실패!"

제4장

흙으로 돌아감

숲에는 청소하는 사람이 없다

버섯

숲은 나뭇잎들이 쉼 없이 만들어지고 떨어지며 쌓이기를 반복하는 곳입니다. 그런데 우리들이 숲에 들어가서 자세히 관찰해 보면 숲에는 얼마 전에 떨어졌던 나뭇잎밖에는 볼 수가 없습니다. 그렇다고 숲에 주황색 형광 조끼를 입고 숲 바닥을 매일같이 청소하는 분들도 없습니다. 청소를 해주었으니 임금을 달라고 외치는 소리도 당연히 없지요.

제가 국립공원에서 자연해설가로 활동하면서 자연에 묻혀 사는 삶이 얼마나 중요하고 보람된 일인지 알게 해준 대목이 바로 이 부분입니다. 수없이 떨어지는 나뭇잎은 다 어디로 가는 걸까요? 한 번도 의문을 품어보지 않았다면 숲 속에도 청소부가 있다는 사실을 당연히 알지 못할 겁니다. 자연의 순환 속에서 떨어진 나뭇잎이며 나무등치 그리고 가지들은 그냥 사라져 가는 거라고 생각하는 게 전부일 겁니다.

이에 대해 한번쯤 고개를 갸우뚱하셨던 분이 만약 계신다면 숲에 대해 남다른 사유를 하는 분일 거란 생각이 듭니다. 숲 속의 청소부는 물론 사람이 아닙니다. 저에게 자연해설가로 일하는 데 자부심을 갖게 해준 존재, 숲 바닥에 쌓이는 나뭇잎을 흙으로 되돌려주는 존재는 바로 '버섯'입니다.

저도 자연해설을 하기 전에는 버섯은 그냥 버섯일 뿐이었습니다. 그런데 탐방객들과 함께 숲 속으로 들어가면 맨 먼저 질문을 던지게 해주는 녀석이 바로 버섯입니다. 이 녀석들이 맨 먼저 눈에 들어오는 것은 우리들의 시선이 숲 바닥에서 시작되기 때문이기도 하지만, 숲에 떨어진 낙엽의 색과 확연히 다른 색, 버섯만이 가질 수 있는 독창적인 색깔 때문일 겁니다.

그들에게 주어진 막중한 임무

대부분 많은 생명체들은 자기방어에 유리한 보호색을 가지고 있습니다. 반면에 버섯은 천적이 있을 수 없기 때문에 보호색이 필요없습니다. 가끔은 민달팽이가 갉아먹기도 하지만 버섯이 포자를 퍼뜨린 후에 벌어지는 일이라 굳이 보호색 따위가 필요치 않은 것입니다. 그러다 보니 자연의 청소부는 먹이사슬이란 굴레를 벗어나게 되었지요. 아마도 숲을 청소하는 매우 엄중한 임무가 맡겨졌기 때문이 아닐까요? 그에 대한 포상이라고 해석하면 버섯을 이해하는 데 도움이 될 것 같습니다.

버섯은 숲이 전성기를 이루고 있을 즈음, 즉 나무가 푸른 잎을 풍성히 갖추고 있을 때 한창 물이 오릅니다. 비가 내리는 장마철부터 늦가을까지 버섯들은 자신을 끊임없이 드러냅니다. 대부분의 사람들도 숲이 한창 우거졌을 때 숲에 관심을 가지며 자연해설을 듣기 위해 찾아옵니다. 버섯도 한창 물이 오르고 사람들의 숲에 대한 호기심도 한창일 때 자연해설이 많이 이루어지다 보니 버섯이 주목을 받는 것은 어쩌면 당연한 일인지도 모릅니다.

맹수처럼 사나운 이빨도 없으며 먹이를 제압하는 발톱도 없는데 이 녀석들이 사람을 죽일 수도 있는 독을 지녔으니, 신기함과 동시에 호기심을 자극하기란 그리 어려운 일이 아니라고 생각합니다.

대부분의 사람들은 숲에 들어가면 가장 먼저 숲의 바닥을 살펴보기 시작합니다. 그리고 용케도 찾아내어 질문을 던집니다.

"야! 독버섯이다. 선생님, 이거 독버섯 맞죠?" 다섯 살배기 아이나 환갑을 넘으신 어른이나 질문은 모두 한결같습니다. 오직 사람의 입장에서만 생각하면 이로움과 해로움의 경계는 이렇듯 쉽게 결정납니다.

저는 뒤돌아서서 독버섯이라고 칭해진 그 애잔한 녀석을 바라봅니다. 그리고 대답합니다.

"저 위에 올라가면 버섯 친구들이 아주 많은데 그곳에 가면 버섯 친구들에 대해 이야기해 줄 거예요."

이제부터는 제가 해야 할 가장 중요한 일이 남아 있다는 것을 재인

민달팽이가 갉아먹은 버섯

숲 바닥의 버섯들은 비가 오나 해가 나오나 쉬지 않는다.

흙으로 돌아감

식해야만 합니다. 그러면서 내내 버섯에 대한 미안함을 지울 수가 없습니다. 버섯은 다만 청소를 할 따름이고 그들의 입장에서 말한다면 그저 주어진 삶을 가장 정직한 방법으로 살아내고 있을 뿐인데 말이지요.

왜 버섯은 독버섯이란 말을 얻게 되었을까 반문해 봅니다. 이것은 누구의 책임도 아니며 버섯을 식용으로 삼는 인간이기에 당연한 결과입니다. 해마다 죽거나 위독해진 사람이 생겨나니 독버섯에 대한 경계를 늦출 수가 없겠지요. 버섯이 독을 가지고 있는 것은 버섯 고유의 특성이건만, 인간에게 해롭다는 사실 때문에 몹쓸 것으로 전락하고 말았습니다.

그렇지만 사람의 잣대만을 가지고 폄하해 버리기엔 버섯이란 존재의 가치가 너무 큽니다. 저 또한 숲 해설을 하기 전엔 아마도 버섯을 그리

흰주름버섯   마귀광대버섯

대했을 것입니다. 하지만 어떤 것에도 아랑곳없이 버섯들은 묵묵히 제 할 일들을 해내고 있지요. 인간들에게 자신이 독버섯으로 불린다는 사실도 모른 채 말입니다. 그들과 우리가 서로 소통할 수 있는 사이라면 아마도 그들은 인간들을 버섯 모독으로 고발해 버릴지도 모릅니다. 그러니 참 다행입니다.

균사로 뒤덮인 나뭇가지. 도시의 아이들에게 나뭇가지에 묻은 것이 무엇일까 물어보면
십중팔구 하얀 페인트라고 답할 것이다.

흙으로 돌아감

"숲은 쓰레기가 넘치지 않는 거대한 생산 공장입니다. 버섯은 숲 속의 청소부입니다."

이 말이 어쩌면 제 자연 해설의 핵심이라고도 말할 수 있겠네요. 사람들은 과자봉지 하나만 만들어도 굴뚝으로 시커먼 연기를 쏘아 올리는데 숲은 그렇지 않습니다. 끊임없이 생성의 장이 되건만 쓰레기는 넘치지 않고 시커먼 연기도 없습니다. 바로 사람들이 말하는 굴뚝 없는 산업, 그것이 바로 숲의 매력입니다. 소멸이 무엇인지 확실하게 보여주는 존재가 바로 버섯입니다.

흙으로 돌아감

버섯은 자기들의 본분에 충실한 존재입니다. 나무는 끊임없이 성장하려고 하기 때문에 수도 없이 나뭇잎을 만들어내고 다시 떨궈냅니다. 성능 좋은 나뭇잎을 만들어 다른 나무들과의 전쟁을 치러내려면 나뭇잎 교체는 선택이 아닌 필수가 되어야 합니다.

만약에 버섯들이 투정을 부린다면 나무들은 이렇게 말하겠죠. "그래도 우리가 있으니까 너희들이 먹고사는 게 아니겠어!" 나무는 먹을 것을 주고 버섯은 나무에게 신선한 이산화탄소를 공급해 주니 버섯도 공짜 밥은 아니라고 생각합니다. 나무와 버섯은 서로를 이롭게 하고 있는 공생 관계이지 기생 관계는 아니니까요. 필요에 의해 조건이 충분히 충족되는 축복의 관계인 것이지요.

어떤 선지자들은 "인간은 자연에 붙어사는 기생충 같다"고 말합니다. 물론 그들의 말이 다 옳다고 할 순 없겠지요. 하지만 우리가 살아가면서

자연에 많은 해를 끼치고 있는 것은 사실입니다. 요즘 아이들은 태어나자마자 쓰레기를 만들어냅니다. 엄마들의 일회용 기저귀 사용은 보편화된 지 이미 오래 전의 일이 되었으며, 균사들이 분해하지 못하는 물건들은 쌓여만 갑니다. 인간의 세상에서는 이렇게 분해되지 못하는 쓰레기가 점점 쌓여만 갈 것입니다.

그렇지만 숲속은 다르지요. 자연이 만드는 모든 것들을 완벽하게 순환시켜 주는 시스템을 숲은 갖추고 있기 때문입니다. 숲의 청소부 버섯이란 녀석이 주어진 역할을 훌륭히 해내는 덕분입니다. 일단 낙엽이 떨어지고 동식물이 죽으면 그들의 대단한 활약이 시작됩니다. 저는 그래서 버섯을 해설할 때가 제일 행복하기도 하거니와 뭔가 사명감을 띤 것처럼 느끼기도 합니다.

해로움이라 규정지어 놓았던 버섯을 이로움이란 이름으로 세상에 올려놓는 일이 쉽지만은 않은 일이지만, 이 또한 자연 해설을 하는 보람이기 때문에 즐겁게 해설을 합니다.

사람의 탐욕이 존재를 앗아갈 때

그런데 우리가 실제 눈으로 보는 것은 버섯의 전부가 아니라는 걸 아시나요? 우리가 눈으로 보는 버섯은 기둥이 있고 갓이 전부인 모습입니다. 그것이 버섯의 전부가 아니라는 사실은 전혀 알지도 못했으며 궁금증을 가져보지도 않았을 것입니다. 학교에서도 가르쳐주지 않았으며 누가 얘기를 해준 적도 없기 때문이지요. 우리가 보는 버섯의 둥근 갓은 단지 버섯의 생식기일 뿐입니다.

버섯은 기둥, 갓으로 된 자실체와 낙엽 속에서 나뭇잎을 분해하고 있는 하얀 색의 균사체로 나뉩니다. 갓의 주름에 있던 홀씨(균사)는 주로 비 오는 날, 빗방울이 갓을 두들겨 줄 때 빠져나옵니다. 그들의 실체는 너무 작아서 볼 수가 없고, 그래서 사람의 호흡기로 사장되는 경우도 있는가 하면 공기 중에 떠다니다 강물에 휩쓸려가기도 합니다. 생명이 되기도 전에 소멸되는 숫자가 더 많을지도 모릅니다.

하지만 버섯이란 녀석이 설계한 홀씨의 숫자가 그리 만만하겠습니까? 잃을 것들을 모두 포함한 수만큼 홀씨를 만들 줄 아는 녀석들이기에 지금껏 숲속을 청소하는 막중한 임무를 수행하고 있는지도 모르지요.

균사의 모습을 한 버섯

공기가 순환되는 어떠한 곳이라도 버섯은 침투가 가능합니다. 사람들이 살고 있는 집이라도 예외를 두지는 않습니다. 집안에 오래된 음식이 있으면 반드시 곰팡이가 피어나는데, 버섯과 같은 일을 하는 버섯들의 종족이라고 보시면 됩니다. 우리 눈에는 보이지 않지만 수많은 균사들이 허공에서 떠돌아다닌다는 이야기가 되지요. 곰팡이가 침투하지 못하는 공간은 없습니다. 아무리 사람의 힘으로 진공 상태를 완벽하게 만들려고 해도 곰팡이의 극성은 말릴 수가 없습니다. 그들은 분해자로서의 본분을 다할 뿐이지요.

자연으로의 회귀, 한줌 흙으로의 전환! 이것을 생각한다면 우린 곰팡이의 극성이나 버섯의 독까지도 사랑하게 될 것입니다.

숲에서 나무가 떨궈낸 낙엽들은 버섯의 생식기가 뿜어낸 균사들의 먹이가 됩니다. 낙엽들을 분해하면서 낙엽 속에 잔존해 있는 산소며 이산화탄소 등을 배출해 줍니다. 나무는 이산화탄소가 있어야 광합성도 하고 생존을 지속하지요. 그리고 사람은 나무가 내뿜어주는 산소로 생존을 유지하며, 나무는 사람들이 뿜어주는 이산화탄소가 있어야 생존이 가능합니다.

어느 학자는 이렇게 말했습니다. "만약 버섯이 없다면 200년 후면 동식물들이 다 멸종될 것이다."

서울에는 북한산국립공원이 있지요. 서울은 한반도에서 가장 많은 사람들이 밀집되어 살고, 인근에는 물건을 만들어내는 공장들도 아주 많습니다. 심각한 공기 오염을 피할 수 없는 조건입니다. 무엇보다도 수많은 자동차들이 매일같이 매연을 토해냅니다. 그래서 비가 오면 오염된 공기들은 빗물을 타고 쌓여 있는 낙엽 속을 타고 들어갑니다. 장하게 임무수행 중인 균사들을 죽음으로 내모는 원인이 되기도 하지요.

북한산국립공원에 불이 나면 쉽게 진화를 할 수 없다고 하는데, 낙엽들이 쉽게 분해될 수 없는 환경이고 보니 켜켜이 쌓여 있는 낙엽더미는 불씨들이 안착할 수 있는 공간을 만들어주고 불씨는 그것을 교묘히 활용하는 것입니다.

생명력 깊은 균사체들도 사람이 만들어내는 오염된 공기 앞에서는 속수무책으로 당할 수밖에 없고 제 본분을 충실히 수행해 낼 수가 없습니다. 결국 공장과 자동차가 버섯의 균사체를 죽이는 역할을 당당히 해냅니다.

우리들은 모두가 자연의 품속에 안겨 살 수밖에 없는 사람들입니다. 숲속에 들어가 신선한 공기를 맛보고 싶다면 물질에 대한 풍요는 조금 버려야 합니다. 숲속에서 버섯을 만나거든 고마움을 담아 고운 시선 한 번쯤 보내주세요. 묵묵히 자신의 일을 하고도 자랑하지 않는 버섯처럼 우리도 마음속에 있는 탐욕을 조금은 씻어내 보는 것이 어떨까요.

흙으로 돌아감

흙 하나

밭고랑에 덮여 있는
비닐을 벗겨내니,

흙이.
후~욱 하고 숨을 쉽니다.
피임 해제입니다.

밭농사의 정점은 김매기입니다.
원하지 않는 풀들이 자라나고
잡초라는 이름으로 불리며, 가차 없이 뽑힙니다.

뽑는 사람도, 뽑히는 풀들도, 모두 목소리는 마찬가지입니다.
"웬수!"
뽑는 사람은 잉여노동이 필요하고,
뽑히는 풀은 목숨 줄이 황천행입니다.
세상이 발전하다 보니, 비닐이 값싸게 팔리고
값이 싸니, 너도 나도 모두 모두.
밭고랑에 비닐을 덮습니다.
흙의 의견 따위에 귀를 기울이지 않습니다.

밭농사의 정점.

김매기를 가볍게 해결해 주는 비닐,

마다할 이유가 하나도 없습니다.

원하는 작물만 키워내고 싶은 사람.

세상 무슨 씨든 받아서, 싹을 틔워내고 싶은 흙.

그래서 피임 처방이 내려지고,

피임약은 비닐입니다.

흙으로 돌아감

생명을 빚고 생명을 거두는 존재

흙

도갑사 자연관찰로 중반에 접어들면 제가 숲 해설을 하면서 가장 사랑하는 구간이면서 가장 중점을 두는 구간이 나옵니다. 이제껏 이야기했던 자연과 자연 속에 거하는 생명, 그리고 우리네 삶에 관한 이야기들은 사실 '흙'에 관한 이야기를 하기 위한 밑그림이었습니다. 태초에 세상이 열리고 처음으로 생겨났을 물과 불, 그리고 공기와 흙은 생명의 근간이며, 세상 만물을 구성하는 4가지 원소라고 말할 수 있습니다.

흙을 설명하는 구간에 다다르면 탐방객들을 향한 설득이 시작됩니다. "이곳에서는 편안히 앉아서 해설을 들으십시오." "신발을 벗어 보십시오."라고 하면, 내면에 숨겨두었던 여러 가지 표정들이 숨김없이 노출되곤 합니다. 남녀노소를 막론하고 서로의 얼굴을 마주보며 상대방의 동의를 구하는 모습이 일관성 있습니다.

'앉으라고? 맨발로 걷자고? 어떻게 맨발로 숲길을 걷지? 진드기와 벌레들이 득실거리는 숲에서?'

들쥐로부터 옮겨지는 쯔쯔가무시라는 병을 떠올리는 분들도 많은데, 신발을 벗고 곧이어 양말까지 벗으라는 말에 동의하고 싶으면서도 어쩐지 실행에 옮기려는 사람은 아무도 없습니다. 옷이 더럽혀질까 봐 또는 전염병에 감염될까 봐 망설이고 계신 분이 있다면 그건 제 탓입니다. 아직도 자연에 마음이 충분히 동화되지 않았다는 방증이 되겠죠. 제 탓입니다. 제가 여러분의 마음을 흔들지 못했기 때문에 아직은 자연을 주저하는 것입니다.

그러나 자연의 것은 더럽지 않습니다. 감히 더럽다는 표현을 쓰는 것도 망설여지는데요. 그래도 편안히 앉아서 해설을 듣다 보면 아마 눕고 싶다는 생각이 부지불식간에 생길지도 모릅니다.

무릇 생명은 흙에서 태어나 흙에게 생명을 의존하면서 결국 한줌의 흙이 되어 영원한 영면의 세계로 삶을 마칩니다. 그래서 우리는 흔히 대지大地를 어머니라고 합니다. 어머니라는 존재는 생명을 잉태하고 그 생명을 키워내는 커다란 업을 완수하며 생명이 품고 있는 대의를 완성시킵니다. 대지는 땅이요, 땅은 흙으로 구성되어 있으니 결국 생명의 어머니는 흙이 됩니다.

"선생님, 흙에서 버섯 냄새가 나요"

흙은 생명을 빚습니다. 흙은 생명을 품고 기릅니다. 흙은 생명을 거두어 흙으로 환원시킵니다. 그리고 흙은 또 다시 생명을 빚기 시작하지요. 흙은 세상의 모든 생명을 품고 거두며 또 다시 생명을 탄생시키는 생명의 연금술을 보여줍니다.

그런데 사람의 발이 다져놓은 흙은 단단합니다. 사람이 다니는 길에 있는 흙은 생명을 빚지 못하고 생명을 품지도 못하며, 생명의 주검을 흙으로 환원하지도 못하는 불구자가 되어 있습니다.

반면 사람의 발길을 용케 피한 이곳의 흙은 완전히 다른 세상을 보여줍니다. 이곳의 흙을 꾹꾹 눌러보면 손가락으로 살짝 누르기만 했는데도 손가락 전체를 삼킬 듯이 덤벼듭니다. 푹신한 이불 같기도 하고, 스펀지 같기도 합니다. 힘들이지 않고도 흙 한줌을 맨손으로 퍼낼 수 있는 이곳의 흙은 부드러운 감촉과 냄새부터가 다릅니다.

저는 이곳에서 맨손으로 쉽게 채집한 야성적인 흙과 관찰로 길에서 사람의 발로 다져진 인위적인 흙을 동시에 퍼올려, 냄새와 촉감을 느껴 보도록 권합니다. 그런데 사람에게 다져진 흙은 맨손으로 퍼올리지 못합니다. 주머니칼로 겨우겨우 헤집어야 한줌의 흙을 얻을 수 있지요.

양손에 쥐어진 흙의 냄새와 촉감을 비교해 보신 분들은 표정이 사뭇 진지해지면서 놀라움을 감추지 못합니다. 생명의 냄새가 물씬 풍기거니와 벨벳처럼 부드러운 감촉을 어디에 견주겠습니까! 사람의 발로 다져진 흙은 영혼이 첨가되지 못한 흙이라면 숲 바닥의 흙은 생명의 냄새로 꿈틀거립니다.

이런 내용으로 흙을 해설하다 보면 어느 틈에 누군가 양말을 벗기 시작합니다. 자연과 하나가 되어 보려는 용기를 가진 사람이 이런 행동을 주도하지요. 어린아이들의 반응이 훨씬 빠르고 감성이 풍부한 아주머니들 그리고 이성적 논리로 무장한 아저씨나 남자들의 순서로 양말을 벗습니다. 그런데 양말을 벗는 순간부터 이성적 힘은 해제되는 것일까요? 원시적 감성만 남겨놓은 자유! 딱 그 느낌인 것 같습니다. 발바닥에서 느껴지는 감촉을 느끼기 위해 기꺼이 눈을 감는다는 사실이 놀라울 따름입니다. 위대한 자연 앞에 그리고 생명을 빚는 흙에 겸손해지며 원초적 야성이 반짝 힘을 얻는 순간이기도 하지요.

제가 자연 해설을 하긴 합니다만, 선천적으로 냄새를 맡지 못하는 결함을 안고 태어났습니다. 심히 아쉬움이 따르는 대목이기도 하지요. 흙 냄새를 맡을 수 없는 저로서는 처음엔 딱히 무슨 냄새인 줄도 모르면서 해설을 하곤 했습니다. 사람들에게 두 곳의 흙 냄새가 다르다는 훈수질만 열심히 했던 꼴을 생각해 보니 제 자신이 우습네요. 우스운 꼬락서니로 사람들에게 감동을 주고자 했던 모양새가 가소로워, 지금도 생각하면 헛웃음에 실실거립니다.

그런데 어느 날 놀라운 일이 벌어졌습니다. 유치원생들에게 해설을 하는 날이었는데, 겨우 여섯 살 꼬마아이 입을 통해 놀라운 사실을 알게 되었습니다. 냄새를 맡아 보라고 쥐어준 흙이 손가락 사이로 졸졸 흐를 정도로 작고 귀여운 손이었지만, 냄새만큼은 절대 흘리지 않았지요.

"선샌님! 흙에서 버섯 냄새가 나요!"

한글 발음조차 정확하지 않은 나이였지만, 냄새는 누구보다 정확했던 그 아이를 저는 잊지 못합니다. 어른들은 흙 냄새를 맡으면서 화분이나 화원의 흙을 떠올렸지만 그 아이는 숲의 흙을 제대로 읽어낸 것이지요. 여섯 살 꼬맹이가 작고 귀여운 입술을 오물거리며 했던 말에 저는 그만 전율을 느끼며 압도당하고 말았습니다.

그때부터 저는 이곳에서 해설을 할 때마다 그 아이의 이야기를 반드시 합니다. 그런데 아직까지도 그 아이처럼 답하는 사람은 드물다는 사실. 꼬맹이가 해주었던 이야기를 끄집어내야만 "아!" 하는 탄성이 뒤늦게 나옵니다.

저는 냄새라는 세계를 알지 못하기에 분석이 어려운 부분이라 묻어두고는 있습니다만. 그렇습니다. 사람이 밟지 않은 숲의 흙에선 버섯 냄새가 물씬 풍깁니다. 버섯이 숲속의 청소부라는 사실이 증명되는 셈입니다. 흙과 버섯은 도저히 분리될 수 없기에 이곳에선 버섯과 흙을 한데 묶어서 이야기하곤 합니다.

하나의 완전한 생태계를 형성하는 숲에서 나무는 끊임없이 나뭇잎을 떨궈냅니다. 일년생이든 다년생이든 한 해를 마감 짓기 위해서는 반드시 가지나 잎을 숲에 내어놓습니다. 해마다 내어놓는 나뭇잎이나 풀잎들이 쌓이고 쌓였더라면 지금의 숲은 쓰레기로 넘쳐날 테지만, 숲은 언제나 그 모습 그대로를 유지하고 있습니다. 숲의 모습을 그대로 유지시키는 일등공신, 바로 버섯이 있기 때문이죠.

그 다음은 또 어떤 공신이 있을까요? 낙엽을 먹고사는 작은 곤충들도 이에 해당합니다. 태풍에 의해 쓰러졌을까요? 무슨 이유에서였든 쓰러진 나무 기둥도 언젠가는 흙으로 돌아갈 것입니다. 예전엔 단단했을 것이 분명한 나무 기둥을 손으로 눌러보면 바스락 부서집니다. 그 안은 이미 수많은 숲의 작은 생명체들이 자리를 잡고 살고 있습니다. 바로 곤충들입니다.

풍요가 넘치지만 세상은 병들고

버섯은 흙이 지닐 수 있는 가장 섬세한 도구이면서 흙에 가장 근접한 생물체입니다. 버섯의 균사는 생명체였던 모든 것을 분해하는 힘을 지녔으니 흙이 가장 아끼는 도구임에 틀림이 없습니다. 주로 비가 많이 내리는 장마철 막바지나 9월 초에 버섯이 가장 왕성하게 번식합니다.

우리가 흔히 버섯이라고 일컫는 기둥과 갓은 버섯의 생식만을 감당하는 자실체인데, 여기서 만들어진 홀씨로 버섯은 번식을 합니다. 자실체에서 쏟아진 홀씨들이 바람을 타고 날아가거나 빗물에 씻겨 낙엽 사이로 스며들면, 암수가 따로인 홀씨들은 서로 만나 균사로 자라면서 낙엽과 나무, 그리고 동물의 사체를 분해하여 흙에게 돌려줍니다. 버섯도 생명을 본디의 상태로 되돌리는 환원자로서 흙과는 떼려야 뗄 수 없는 부동의 관계가 성립됩니다.

숲속의 청소부인 버섯의 활약은 생태계를 떠받드는 근간이 됩니다. 버섯은 식물과 동물의 잔해를 분해하면서 그 속에 갇혀 있던 산소와 이산화탄소를 해방시켜 줍니다. 그로 인해 숲은 언제나 산소와 이산화탄소가 풍부하지요. 버섯의 균사는 그렇게 숲의 완전한 생태계를 완성시켜 주고 있습니다.

이제는 숲에 들어가서 '먹는 버섯일까? 독버섯일까?'라는 생각만 떠올리진 마세요. 버섯은 식용과 비식용으로만 나누기엔 너무나도 고귀한 존재이니까요. 자연은 장엄한 것 같으면서도 매우 섬세하고 정교한 장치들을 마련하고 있기 때문에 우리는 숨을 쉬며 살고 있는 것입니다.

"사람은 땅을 따르고(人法地) 땅은 하늘을 따르고(地法天) 하늘은 도를 따르며(天法道) 도는 자연을 따른다(道法自然)."

동양을 대표하는 사상가 노자의 『도덕경』에 실려 있는 무위자연無爲自然의 한 구절입니다. 서양은 자연을 정복하고 이용하고 수탈하는 대상으로 생각했다면, 동양의 사상에서는 하늘과 땅이 어우러져 사람이 되었다고 생각하는 쪽이었습니다. 그런데 서양이 지금까지의 관념을 접고 동양의 사상에 주목하는 이변이 일어나고 있습니다. 그 이변의 중심엔 자연이 있고 사람이 있습니다. 자연이 있어야 사람도 있지만, 사람이 거해야 자연도 생명의 온기를 품게 됩니다.

물질의 풍요는 넘쳐나지만 사람의 온기는 줄어들고, 자본은 넘쳐나지만 가난한 사람이 더 많아졌으며, 생명 연장의 꿈은 실현됐지만 병든 사람이 더 많아지는 세상. 그 속에서 사람이 중심이 되고 생명이 중심에 서야 한다는 절박함이 그들의 사상을 움직이게 했던 것은 아닐까요?

동식물의 잔해가 분해되어 흙이 되고, 흙은 다시 생명을 빚어 나무나 풀, 또는 동물에게 그 생명을 나누어줍니다. 나뭇잎이 동물의 몸속으로 흡수되기도 하며 동물의 것이 나뭇잎으로 깃들기도 합니다. 자연에 거하는 생명은 결코 둘이 될 수 없는 하나의 공동 생명체, 공동 운명체라는 사실이 놀랍지 않습니까?

꽃잎의 부드러움과 동물의 윤기 나는 털, 그리고 나뭇잎의 싱그러움은 생명의 원류인 흙에서 비롯된 아름다움이지요. 흙은 결국 생명의 원류인 동시에 종착점이 됩니다. 흙이라 명명한 도공이 버섯의 균사라는 물레를 돌려 생명을 빚고 있는 것입니다. 죽어 한줌의 흙으로 돌아가기에 앞서 생명은 무릇 땅(地)을 본받아야(法) 하고, 땅은 하늘(天)을 따라 그 이치를 깨달으면서 정해진 도(道)라는 길을 걷다가 자연으로 스며들어야(道法自然) 합니다. 모든 생명체는 흙에서 시작되어 결국 흙으로 돌아가는 자연의 순환 속에 잠시 머물다 가는 나그네일 뿐입니다.

먼 훗날 누구나 흙에 안기는 날이 반드시 올 텐데요. 여러분은 죽어 흙으로 돌아간다면 어떤 생명체로 태어나고 싶으신가요? 흙으로 돌아간 육신이 다시 어떤 모습으로 빚어질지는 모르겠지만, 지금부터 몸속 깊은 곳에 주문서를 작성해 보는 것은 어떨까요. 생명을 빚는 흙은 매우 섬세하기 때문에 주문서를 반드시 읽지 않을까 하는 생각도 듭니다.

뭐, 그리 거창하진 않지만 저도 나름대로 주문서를 작성하고 있습니다. 제가 세상에서 가장 좋아하는 것이 바위인데, 사랑하는 바위에 누워 삶을 거하는 이끼가 되고 싶은 욕심을 주문서에 꾹꾹 눌러 적고 있습니다만. 글쎄요. 이끼의 삶을 들여다보면 어쩐지 자신감이 떨어집니다. 어느 책에선가 이끼는 1년에 0.1mm씩 자란다는 글을 봤습니다. 존재의 애착을 넘어선 생명체로서 단연 으뜸이거늘, 그 높은 경지를 감히 제가 따라갈 수 있을지 모르겠습니다.

흙으로 돌아감

흙 둘

사람이 넣어주는
식물만 키워 내야 하는,
준엄한 법칙을
어기는 과감성.

그
과감성은
농부가 원하지 않는
혼외자식을 잉태하고.

혼외 자식은
잡초라는 분명치 못한 출신이 되고
결국
족보를 갖지 못한 채
제초제라는 극약을 처방받습니다.

농부가 원하지 않는 작물을 키워내면 그것은 곧, 반란입니다.
반란을 잠재우기 위해, 농부는 약을 칩니다.
흙속에 신선한 공기를 불러들여, 흙을 즐겁게 해주던,

지렁이도 더불어 축출입니다.

흙의 반란으로 인해, 움직이건 그렇지 않은 것이건

멸문입니다.

혼외자식의 족보를 삭제하기 위해 밭고랑이며, 논고랑에

삶을 의탁한 생명들이 멸문지화를 당합니다.

세익스피어의 사대비극이 그저 가소롭기만 합니다.

전답의 흙에 생명을 의탁하는 것은 마치 가진 것 없이

세상을 살아내는 사람들과 다르지 않습니다.

퍽퍽한 세상살이가 작은 생명들의 가슴을 흉측하게

도려내고 있습니다.

흙으로 돌아감

비운 만큼 단단해지는, 텅 빈 충만

대나무

푹신한 침대 위에 멋진 이불이 깔려 있는 이곳은 월출산 도갑사 자연 관찰로의 대나무 숲입니다. 오성급 호텔에도 굴복하지 않는, 한번 누워 보면 평생 잊히지 않는 마력을 지녔지요. 게다가 숙박료가 공짜라 부담이 없는 것이 가장 큰 장점입니다.

흙 구간에서 앉아서 설명을 듣던 탐방객들에게 저는 신발과 양말을 벗고 이곳 대나무 숲까지 걷기를 권합니다. 흙과 진정한 친구가 되었다면 망설일 이유가 하나도 없지요. 가끔 발바닥에 묵직한 아픔이 있을 테지만, 발바닥에서부터 전해져 오는 행복한 쾌락을 어찌 마다하겠습니까. 한번 걸어보세요. 발바닥에 전해지는 흙의 노래는 생명을 관통하는 황홀경입니다.

흙과 이쯤 친해졌으면 이제 저는 대나무 숲에 누워 보기를 권합니다. 저의 독특한 기법이 가미된 고품격 자연 해설을 위한 전략입니다. 하하! 자연에 첫걸음마를 떼기 시작한 분들에게는 이성적 논리보다 감성에 호소하는 것이 더 설득력이 있지요. 이성은 귀로 들어가 귀로 나오지만, 감성은 귀로 들어가 마음에 저장되면서 영혼을 흔듭니다. 기어이 자연을 사랑하지 않으면 안 되는 이유를 만들어내기 위한 최상의 전략으로 설계한 자연 해설입니다. 자연을 보고 만지고 앉고 누워보면서 온몸으로 자연과 마주서 있는 자신을 만났을 때 성취감은 한껏 높아집니다.

"이왕 대나무 숲에 누우셨으니 눈을 감고 자연의 모든 소리에 귀를, 마음을 기울여보세요. 그리고 자연의 일부가 되어 느껴지는 고요함에 잠시 자신을 실어보겠습니다. 대숲을 지나는 바람에 나뭇잎은 뮤지션이 되고 대나무는 뮤지컬 배우가 되었습니다. 생애 한번 뿐인 공연장에 여러분은 초대되었습니다. 자! 눈을 감으시고 대나무 숲이 들려주는 아름다운 향연을 마음껏 즐기시길 바랍니다."

대나무는 사실 나무가 아니다

나무도 아닌 것이 풀을 흉내 내고, 풀도 아닌 것이 나무를 흉내 내고 있는 이것을 우리는 '대나무'라고 부르고 있습니다. 그런데 대나무는 나이테가 없습니다. 나이테는 나무 고유의 특성이기에 대나무는 '나무'라고 하기엔 애매합니다. 반면 풀은 다년생이든 일년생이든 겨울이 되면 줄기를 없애버리는데요. 나이테가 없어서 풀이 될 뻔한 대나무는 겨울이 와도 줄기를 내어놓지 않으니, 분명 나무에 가까운 식물이긴 합니다.

대나무는 외떡잎식물로 물과 양분의 이동 통로인 유관속維管束은 있으나 세포분열이 일어나는 형성층形成層이 없어, 몇 년이 자라도 두꺼워지는 법이 없고 키도 더 이상 자라지 않으며 단단해지기만 합니다.

대나무는 속을 채우지 않기에 성장이 더 빠릅니다. 다만 세월이란 시간 속에서 단단해지면서 삶을 다져나갑니다. 속은 텅 비어 있지만 충만한 삶! 텅 빈 충만의 삶은 구도자들이 바라는 최상의 삶입니다. 바로 그런 삶이 대나무의 삶이지요. 멋스러운 나무입니다. 과연 선비들이 흠모할 만한 나무임에 틀림이 없습니다. 부러질망정 절대로 휘어지지 않는 절개가 그들이 바라는 삶이었겠죠.

대나무는 다년생 상록식물로 새순이 나오고 하루 최대 60cm까지 자랍니다. 사진 속의 죽순은 하룻밤 만에 만들어진 것입니다. 최대 20~40m까지 자라는 데 불과 보름 동안의 시간이면 충분합니다. 대나무의 특징은 마디를 가지고 있는 것인데, 마디마디에 생장점이 있어 매우 빠른 속도로 자라면서 부러지지 않는 지지대 역할을 해주기도 하지요.

대나무를 닮고 싶은 선비들이 많다 보니 이를 노래한 선비도 많습니다. 대나무의 삶을 흠모했던 당송 8대가의 한 사람인 소식蘇軾(1036~1101)은 '녹균헌綠筠軒'이란 시에서 인간의 끝없는 욕망을 이렇게 노래했습니다.

可使食無肉(가사식무육) / 먹고사는 데 고기 없어도 괜찮다지만,

不可居無竹(불가거무죽) / 거처에 대나무가 없을 수 없다네.

無肉令人瘦(무육영인수) / 고기를 못 먹으면 사람은 수척해지지만,

無竹令人俗(무죽영인속) / 대나무가 없다면 사람을 속되게 하네.

人瘦尙可肥(인수상가비) / 사람이 야위면 다시 살찔 수도 있지만,

俗士不可醫(속사불가의) / 선비가 속되면 고칠 수 없다네.

傍人笑此言(방인소차언) / 주변 사람들 이 말에 비웃기를,

似高還似癡(사고환사치) / 고상하나 바보 같은 짓이라 하네.

若對此君仍大嚼(약대차군잉대작) / 대나무도 가까이 하고 고기 또한 실컷 즐긴다는,

世間那有揚州鶴(세간나유양주학) / 세간의 양주학이란 말 어찌 있겠는가?

'녹균헌'이란 대나무가 있는 푸른 집을 말하며, '양주학'은 부귀영화와 더불어 현실의 모든 것을 즐기면서도 신선이 되고 싶다는 뜻입니다. 양주揚州는 당시 상업도시로 번창하던 곳을 말하며, 양주학揚州鶴이란 십만 관의 돈이라는 엄청난 재물을 허리에 차고 신선이 되어 학을 타고 하늘에 오르고 싶다는 뜻입니다. 양주학을 대나무의 삶에 비춰보면 가당치

않은 말이 되겠지요. 속은 비었지만 단단하고 사철 변하지 않는 모습을 한결같이 유지한다는 것은 사람의 일로서는 결코 쉬운 일이 아닙니다.

대나무는 100년에 한 번 꽃을 피우고 대나무 제국을 소멸시킨다고 합니다. 저도 아직은 대나무 밭이 사라져가는 것을 한 번도 본 적이 없습니다. 대나무가 꽃을 피우고 열매를 맺으면 봉황이 날아와 그 씨앗을 취한다는 전설 같은 이야기만 듣고 있습니다.

흙으로 돌아감

식물이 꽃을 피우는 것은 사실상 쇠퇴기를 의미합니다. 대나무는 줄기가 거의 수명을 다했을 때 꽃을 피우는 셈입니다. 같은 뿌리에서 나온 줄기는 나이에 상관없이 모두 같은 해에 꽃을 피우는데, 그렇기 때문에 어느 날 갑자기 대나무 숲 전체가 사라져버리는 것입니다. 그래서 대나무의 개화는 전설처럼 회자되고 있지요. 대나무 줄기를 보면 모두가 개별인 것처럼 보이지만 사실은 모두 한 몸으로 이뤄져 있는 자매 나무들입니다. 같은 뿌리에서 나온 줄기를 떼어 멀리 떨어진 곳에 심어도, 원래 줄기가 꽃을 피우면 이식된 대나무도 같은 날 꽃이 핀다고 합니다.

한 그루 한 그루가 모두 개별적 개체처럼 느껴지지만 결국 대나무는 한 그루의 나무였고, 아무리 큰 제국일망정 모두가 일시에 몰락하는 위험한 조건을 가지고 있는 것이 대나무 숲의 한계입니다. 이곳 대나무 숲의 수령은 아무도 모릅니다. 꽃은 언제 필지, 전설의 봉황을 날아들게 한다는 대나무 씨앗은 언제쯤 여물지 알 수 없습니다. 그렇지만 언젠가 반드시 이 아름다운 숲이 사라진다는 것만은 명백한 사실입니다. 애석한 일이지요. 아름다운 대나무 숲이 사라진다면 이곳의 숲에 누워볼 수 있는 기회는 사라지겠죠. 푹신한 호사는 더 이상 누릴 수 없을 겁니다.

대나무 숲을 조절하는 자

사실 다른 곳의 대나무 숲은 이렇게 누울 수 있는 공간이 없습니다. 조밀한 구조로 촘촘히 자리를 채우는 것이 보편적인 대나무 숲의 모습이지요. 이곳의 대나무 숲은 텅 빈 대나무의 속을 닮았습니다. 이곳의 대나무가 텅 빈 충만을 상기시키려고 했다는 억지는 쓰지 않으렵니다.
그런데 이 아름다운 대나무 숲을 조절하는 이는 따로 있습니다.

　죽순이 생기기 시작하면 이곳은 멧돼지들의 식탁이 되기도 하며 놀
이터가 됩니다. 5월 말부터 6월까지 죽순이 가장 왕성하게 자라는 시기
에 등장하는 야생의 멧돼지가 바로 그들입니다.

　멧돼지는 먹지 못할 것이 없을 만큼 먹이를 가리지 않는데, 주로 식물의 뿌리를 캐서 먹고삽니다. 기다란 주둥이로 흙을 파헤쳐 덩이뿌리나 칡뿌리를 캐서 먹습니다. 그런데 죽순은 흙을 파헤치지 않아도 되니 얼마나 손쉬운 먹이가 되겠습니까! 하여 죽순이 나올 시기에 이곳은 사진처럼 곳곳이 멧돼지들의 흔적에 온몸이 오싹거리는 체험이 더해지는 곳이기도 하지요.

멧돼지에겐 낙원이 되어주고 우리에겐 푹신한 이불이 되어 편안히 안아주는 대나무 숲. 그곳에 누웠다면 등 뒤에서 느껴지는 푹신함을 선사하는 이는 다름 아닌 버섯의 균사라는 사실도 잊지 마세요. 숲은 혼자서 이뤄지는 것은 거의 없습니다. 서로가 서로를 위해 존재하며 영역을 위한 전쟁은 치르지만 자신의 공은 다투지 않는 평화가 기본이 되는 세상이지요. 사람들도 이런 세상을 꿈꾸긴 합니다만, 언제쯤 가능할까요?

대나무의 절개와 기상을 흠모한 선비들이 있었다면 대나무를 우리 생활 속에 들여놓은 민초들의 삶도 있습니다. 대나무는 차가운 성질을 가지고 있기도 하지만 수피가 워낙 매끄럽다 보니 생활에 요긴한 필수품이 많이 만들어졌지요. 그 수와 종류는 헤아리기 어려울 지경입니다.

100년에 한 번 꽃을 피우고 사라진다는 대나무, 풀도 아닌 것이 그렇다고 나무도 아닌 것이 사람의 생활사에 들어와 사람의 역사가 되었습니다. 이곳 대나무 숲에 와서 푹신한 바닥에 눕게 되거든 발끝으로 대나무 수피의 촉감을 느껴보세요. 매우 차가우면서도 매끄러워 대나무는 사람들의 나무가 되었습니다. 하지만 넝쿨식물에게는 최악의 나무가 되었지요.

넝쿨식물이 대나무를 타고 오른다는 것은 계란으로 바위를 쪼갤 만큼의 어려움이 따릅니다. 수피가 워낙 매끄럽다 보니 도무지 타고 오를 수가 없습니다. 용케 대나무를 잡고 타고 오른다 해도 심한 바람이나 태풍에 매끄러운 대나무 수피를 견디지 못하고 미끄러져 결국 숲 바닥을 기어다니다 삶을 마감하지요. 의지할 곳 없이 세상의 고된 파고를 넘는다는 것이 사람이나 식물이나 어렵기는 매한가지인 것 같습니다.

대나무 숲은 넝쿨식물에게도 매우 힘겨운 도전이지만, 다른 보통의 풀과 나무에게도 역시 곁을 내어주지 않습니다. 다른 식물과는 비교가 되지 않을 만큼 빠른 성장을 하고 연중 푸른 잎을 가지고 있는 대나무의 숲은 햇빛이 잘 들지 않기 때문에 반그늘 식물이나 음지식물 정도가 자랄 뿐입니다. 게다가 대나무 숲의 바닥을 파헤쳐보면 대나무의 뿌리 줄기들이 얼마나 견고하게 퍼져 있는지 놀라지 않을 수가 없습니다.

흙으로 돌아감

제국의 위용은 누구나 품을 수 있는 조건이 아니지요. 씨앗 하나 발붙이지 못할 만큼 촘촘하고 조밀한 잔뿌리들이 대나무 숲 전체를 방어합니다. 발아된 씨앗이 흙과 만날 수 있는 기회를 원천봉쇄하는 것입니다. 그러나 골키퍼가 건재하다고 결코 골이 안 날 수는 없지요. 자연의 법칙이 그렇습니다. 절대공식이 없으면서도 절대적 가치가 있는 곳이 자연이기 때문입니다. 멧돼지나 산짐승들에게 파헤쳐진 곳은 원천봉쇄가 잠시 해제되는데, 이때 이곳에 머물던 씨앗들에게 삶의 기회가 주어집니다.

대나무의 뿌리줄기는 수평으로 넓게 분포되어 번식하기 때문에 흙속에서 벌어지는 뿌리들의 전쟁은 그리 심한 편은 아닙니다. 일단 싹을 틔우고 자라기 시작하면 뿌리 전쟁은 별 문제가 되지 않습니다. 오히려 일조량이 턱없이 부족하여 고사되는 경우가 더 많지요. 숲의 최고 전략가인 참나무도 이곳에선 명함도 내밀지 못하고 시들거리다 죽는 경우가 태반입니다.

하지만 이곳은 여러 종류의 나무들과 지피식물이 눈에 띄게 많습니다. 바로 멧돼지에게 은혜를 입은 녀석들입니다. 대나무 숲에 누워 있는 우리도 마찬가지인 셈입니다. 우리가 멧돼지에게 은혜를 입게 될 줄은 아마 상상도 하지 않으셨을 테지요.

우리가 생명으로 머무르는 동안 우리는 자연의 일부가 되며 때론 전부가 되기도 합니다. 전혀 예상치 못한 것이 자신의 생명과 맞물려 있는가 하면, 전부라고 생각했던 것이 의외의 작용을 하는 경우가 종종 있

대나무와의 경쟁에서 밀리고 있는 참나무

대나무 숲에 용케 구슬붕이 피어났다.

흙으로 돌아감

습니다.

살다 보면 수많은 사람들과 인연을 맺고 풀어가는 과정들이 있습니다. 자신은 타인과 다르다는 것은 이미 언제고 충돌이 발생할 수 있는 환경을 안고 있다는 뜻입니다. 타인의 마음이 언제나 자신과 같을 수 없다는 확실함이 있는데도 불구하고, 사람들은 그 확실성을 잊고 자신의 생각이나 마음과 같지 않으면 변절자로 낙인을 찍습니다. 그리고 서로에게 깊은 상처를 남기고 결별하고 맙니다. 결별의 횟수가 잦아질수록 타인과의 인연들이 인스턴트처럼 가벼워집니다.

속은 텅 비어 있지만 나무의 품위를 잃지 않는 대나무는 욕망을 채우기 위한 목적으로 세상과 관계하지 않았기 때문에 나무가 되었습니다. 비록 속은 비어 있지만 세월을 빌어 단단해지기에 푸른 기상과 절개를 굽히지 않습니다. 풀도 아니면서 나무처럼 살고, 나무이면서도 풀처럼 사는 식물계의 이방인이지만, 그것은 단지 사람들이 분류하는 말일 뿐 대나무의 삶은 아닙니다. 100여 년 동안 수많은 희망들을 키워내고 건실한 제국을 이룩하지만, 일시에 사라지는 그들의 삶에서 우리는 어떤 신의 한수를 배울 수 있을까요. 비워낸 만큼 성장하며 비운 만큼 단단해져야 충만하고 건실한 제국을 완성할 수 있는 건 아닐런지요.

침묵을 가장한 아름다운 사색이 함께하는 도갑사 자연관찰로 대나무 숲! 이곳을 빠져 나가는 사람들의 모습이 평온이라는 뒷날개를 단 것처럼 보입니다.

제5장
공존

그들은 환경을 탓하지 않는다

날도래

국립공원은 사람들이 자연을 곁에 두어야 할 대상으로 바라보도록 돕기 위해 자연관찰로를 조성했습니다. 앞만 보면서 산의 정상에 올라가 '정복했다'는 기분을 만끽하는 패턴에서 벗어나 자연을 '옆에 두고 함께 가야 할 대상'으로 바꾸기 위한 것입니다. 이곳 월출산국립공원에는 세 곳의 자연관찰로가 있습니다.

먼저 천황지구에는 천황사 자연관찰로가 있습니다. 숲을 산책하며 자연의 소소함을 느낄 수 있는데, 마치 수채화처럼 간결한 자연의 멋을 느낄 수 있는 곳이지요. 그리고 무위사 자연관찰로는 사찰의 고즈넉함과 숲의 묵직함이 고요를 담고 있는 숲이지만, 난대림이 한계를 만들었기 때문에 다채롭지 않아 자연의 장엄함을 느끼기엔 약간 미약한 부분이 있기도 하지요.

하지만 도갑사의 사찰 해설부터 시작되는 도갑사 자연관찰로는 대장정이라고 할 만큼 생태가 다양합니다. 도갑사 자연관찰로가 전국의 국립공원에서 손에 꼽힐 수 있게 된 것도 이런 남다름의 조건을 갖추었기 때문이지요. 이곳의 마지막 구간에 이르면 숲의 생태는 수서생물과 습지까지 아우르게 됩니다.

도갑사 자연관찰로는 사람의 문명사에서 동식물의 자연사까지 다양하게 포진돼 있기에 해설 또한 남다르지 않으면 안 되는 곳이기도 합니다. 사찰부터 습지까지 이어지는 4~5시간의 대장정 동안 해설하는 사람이나 듣는 사람이나 서로가 지치지 않으려면 남다름이 필요합니다. 그래서 도갑사 자연관찰로의 해설을 마치고 나면 몸무게가 저절로 줄어들어 의도치 않게 다이어트 효과까지 보기도 합니다.

지금은 탐방객이 원하는 대로 구간별로 나누어서 해설을 해주기도 하는데, 주로 숲에서 이루어지는 해설이 많습니다. 도갑사 자연관찰로에 있는 대나무 숲에서 평온의 날개를 달고 발에 힘을 싣지 않으면 터벅터벅 걷게 되는데요. 그렇게 약간 경사진 곳을 내려오다 보면 어느 새 계곡의 물소리가 들리기 시작합니다. 이 계곡물 소리는 청량감부터 다릅니다. 자연 속에서 자연의 소리가 들릴 때 감성은 더 증폭되는 법이지요. 계곡물 소리가 들리기 시작하는 곳에서부터 탐방객들의 발걸음에 힘이 실리기 시작합니다.

이곳 계곡물에 사는 수서생물들은 환경을 탓하지 않습니다. 주어진 환경 안에서 남다름을 만들어가지요. 자~! 이제 독특하게 삶을 디자인하는 그 녀석들을 찾아볼까 합니다.

이곳에서는 계곡물에 발을 담그고 해설을 듣거나 조심스러운 방법으로 그 녀석들을 채집하는 체험을 합니다. 아이들은 어른스러워지고 어른들은 아이가 되는 신기한 장면이 연출되는 구간이기도 합니다.

자신보다 어린 동생들에게 "조심해! 조심해!"를 외치면서 인생의 선배 노릇을 톡톡히 하는 아이들이 있는가 하면, 절대로 하지 말라는 행동을 스스럼없이 저지르면서 해맑게 웃는 어른도 있습니다. 어른이 아이가 되고 아이가 어른이 되는 요상한 이곳은 도갑사 자연관찰로 수서생물의 삶을 엿보는 곳입니다.

계곡의 청소부, 날도래와 수서곤충들

생명의 담대함이란 무엇일까요? 두려움은 피하고 어려움은 멀리하면서 좋은 것만 취하는 것이 생명의 본질일까요? 내일쯤 태풍이 몰아친다고 해서 가지를 접는 나무도 없으며 피워낸 꽃송이를 접는 일도 없습니다. 에둘러 말하지 않아요. 자연의 규칙은 그렇습니다. 자연, 참 어렵고 난해합니다. 자연의 규칙이 아닌 사람들의 규칙은 이런 담대한 공식이 없으니까요.

존재를 온전히 열어 보인다는 것은 나약함을 노출시키는 일인지라 어지간한 용기가 아니고서는 해내지 못하는 일입니다. 자신의 나약함을 노출시키지 않으려고 안간힘을 쓰기보다는 새로운 강점을 찾으면 될 터인데 말이지요. 이곳 계곡에서 자신의 존재를 온전히 열어 나약함을 강점으로 바꿀 줄 아는 대단한 녀석의 삶을 펼쳐보일까 합니다.

계곡물 속에는 나뭇잎이 아주 많습니다. 계곡 주변이 온통 나무들이고 보니 그 나무들이 해마다 떨어뜨리는 나뭇잎의 양이 상당히 많지요. 숲속에 버섯과 곤충이라는 청소부가 있다면, 계곡에도 수중생태계를 디자인하는 청소부들이 한몫 단단히 역할을 수행하고 있습니다. 그들은 몸집이 작아 물속을 자세히 들여다봐야 알 수 있습니다. 옆새우, 새뱅이, 강도래, 날도래 등의 수서곤충이 바로 든든한 청소부 역할을 하며 계곡물을 맑게 만들어주고 있습니다. 계곡에선 사진처럼 한겨울에도 잎맥만 남겨진 나뭇잎을 발견할 수 있습니다. 바로 수서곤충들이 갉아먹고 남은 흔적입니다. 이들이 낙엽을 처리해 주지 않는다면 낙엽이 계속 쌓이면서 '맑음'으로 상징되는 계곡물은 유지될 수 없습니다.

월출산 동쪽은 화강암 기암괴석들이 봉(峰)들의 잔치로 매일이 축제라면, 월출산국립공원의 남서쪽에는 이곳 도갑산이 위치하고 있습니다.[5] 완만한 경사에 다양한 식물들이 자라고 있기 때문에 이곳의 계곡은 여간해선 물이 마르지 않지요. 특히 극한 환경에서도 잘 자라는 참나무들이 많고 낙엽 활엽수가 다양해 숲이 보유하는 물의 양이 상당히 많습니다.

숲은 댐이 저장하는 물보다 많은 물을 저장할 수 있다고 합니다. 댐은 가뭄에 마를 수 있지만 계곡의 물은 그렇지 않습니다. 언제나 흐르고 있는 계곡물 덕분에 수서생물들은 그들만의 남다른 방법으로 자신의 삶을 디자인하면서 살 수 있는 것이지요.

월출산국립공원 도갑산에는 협곡을 중심으로 형성된 계곡에 수서생물을 관찰할 수 있는 곳이 있습니다. 이곳에 나약한 몸이지만 거친 수중생활에서 자신만의 방법으로 자연의 공식을 이해한 곤충이 있습니다.

물속에 웬 곤충이냐며 고개를 갸우뚱하시는 분들이 계실지도 모르겠지만, 물속엔 물고기만 있는 것이 아닙니다. 물속에서 1~2년 정도 수중생활을 하다가 성충이 되면 물 밖으로 나와 짝짓기를 한 뒤 수명을 다하는 생태를 가진 녀석들을 수서곤충의 범주 안에 포함시킵니다. 많은 사람들이 알고 있는 잠자리, 모기, 그리고 하루살이 유충들이 수서곤충에 포함됩니다.

도갑사 자연관찰로에서는 다양한 수서생물의 삶을 엿볼 수 있는데, 자신만의 방법으로 나약함을 보완하며 약점을 강점으로 강화시키면서 삶의 탁월함을 뽐내고 있는 녀석들이 아주 많습니다. 이 많은 녀석들 가운데 최고의 최고를 꼽기란 매우 어려운 일이겠지만, 한쪽 눈만 질끈 감으면 바로 자랑하고 싶은 녀석을 골라낼 수 있습니다.

물속에선 도저히 살아내지 못할 신체를 가졌지만, 그럼에도 불구하고 물속이라는 주어진 환경에서 자신의 삶을 디자인하는 이 녀석은 탁월함으로 자연의 공식을 풀어가는 담대함으로 결국 대단한 삶을 이어갑니다. 몸은 애벌레의 형태를 하고 있지만 거친 수중생활을 문제없이 해내고 있는 이 녀석은 입에서 실을 뽑아 집을 짓는다 하여 이름이 '날도래'라고 불립니다.

수중 생태를 디자인하는 기술도 탁월하지만 날도래의 집을 살펴보면 감탄사가 절로 터지곤 합니다. 우리는 흔히 '집을 짓는다'라고 이야기하는데, 집은 여러 재료를 이용하여 구조를 만들기 때문에 집을 '짓는다'라고 합니다. 조그마한 벌레 한 마리가 집을 짓는다니 참으로 대단한 일이란 생각이 들지 않습니까?

날도래의 몸엔 가느다란 털들이 듬성듬성 있는데, 이 털은 집을 지어 자신의 몸에 집을 고정시켜 주는 매우 중요한 역할을 합니다. 이쯤 되고 보면 집을 소유하기 위해 날도래 애벌레의 몸은 무엇을 가져야 했는지 분명해지는 듯합니다.

날도래 애벌레는 입에서 섬유질로 된 실을 뽑아 물속에 있는 재료들을 활용해 대단한 집을 지어 몸을 보호합니다. 먹이 활동을 하는 때를 제외하고는 모든 시간을 집속에서 생활하는 소심한 은둔자로 수중 생

모래알로 집을 지은 날도래

나뭇잎으로 집을 지은 날도래

활을 하지요. 나댄다고 강한 것은 아닙니다. 은둔하며 온전한 삶을 살아내려는 욕구가 더 강한 힘을 발휘합니다.

상류에 살고 있는 날도래 애벌레는 작은 모래알을 이용하여 집을 짓고, 하류에 있는 녀석들은 나뭇가지나 나뭇잎을 이용하여 집을 짓습니다. 주어진 환경 안에서 저마다의 방법으로 삶을 이어가는 날도래 애벌레들은 삶의 재간둥이 같습니다.

계곡의 하류나 유속이 느린 3, 4, 5급수에 사는 날도래는 주로 나뭇가지나 나뭇잎을 붙여 이동하면서 먹이를 채집하는 대범한 은둔자로 변신하기도 하지만, 유속이 빠른 곳에 사는 날도래 애벌레는 돌이나 바위에 붙어서 소심한 은둔을 합니다. 상류에 살고 있는 날도래 애벌레는 유속이 빠른 계곡에서 물살에 휩쓸리지 않기 위해 그런 특징을 보이지요. 돌 틈에 자신의 집을 고정시킨 녀석이 있는가 하면, 독립적으로 활동하는 녀석들도 있습니다.

날도래 애벌레는 몸집이 커지면서 집의 크기도 달라집니다. 몸집이 점점 자라면서 왕성한 먹이 활동을 하려면 이동을 해야 하기 때문에 돌 틈에 고정시켰던 집을 버리고 새로운 집을 짓기도 합니다. 이때 자신의 몸이 완전히 노출되는 위험한 상황에 놓이지요. 존재를 열어 나약함을 강점으로 바꾸지 못한다면 많은 먹이를 필요로 하는 몸의 욕구를 어떻게 하겠습니까? 에둘러 말하지 않는 자연의 규칙은 담대하지요. 설령 물고기의 밥이 될지도 모를 일이지만 날도래 애벌레는 자연의 규칙을 이미 이해했기 때문에, 받아들입니다. 그래서 계곡에서는 물고기도 살아가

계곡물에 사는 징거미와 가재

고, 가재도 살아갈 수 있습니다.

잃지 않기 위해 안간힘을 쓰지만 결국 더 많은 것을 잃게 되는 것이 세상살이입니다. '잃는다'는 것이 끝이 아니란 사실을 깨달을 때 우리는 추구하는 목적에 다다를 수 있습니다. 날도래 애벌레는 새로운 집을 지어야 성장할 수 있고, 왕성한 먹이 활동을 마쳐야 성장해서 물 밖의 세상으로 나아갈 수 있습니다.

날도래 애벌레가 담대할 수 있는 것은 물 밖의 세상에서 벌어질 짝짓기에 최종 목적을 두었기 때문일 것입니다. 수중 생활의 고만고만한 위험은 두려움 따위가 될 수 없다는 것이지요. 안전을 위해 집을 지었다면 성장을 위해 집을 버릴 수 있는 단순함. 자연은 언제나 정직한 직구만을 고집하는 우직함만 있을 뿐입니다.

환경에 맞춰 명품 집을 짓는 장인

날도래 애벌레가 가진 탁월함은 단연코 집 짓는 능력에 있습니다. 상류에 사는 녀석들의 집은 매우 정교하지만, 하류에 사는 녀석들의 집은 너덜너덜합니다. 물론 집 짓는 재료에서 많은 차이가 있긴 하지만, 유속이 빠른 상류에 거주하려면 너덜거리는 집은 어울릴 수가 없겠지요. 자칫하면 물에 떠내려가거나 물의 저항을 견뎌내려고 많은 힘을 소비하고 말 것입니다.

그래서 상류에 사는 날도래 애벌레는 작은 모래알을 이용해 아주 섬세한 방법으로 집을 짓습니다. 자신의 몸에 맞추어 원통형의 집을 지으며 작은 모래알을 퍼즐 맞추듯이 집을 짓지요. 머리 위쪽 부분에는 몸통에 사용되었던 모래보다 두 배 정도 큰 모래알 두 개를 얹어 집을 마무리합니다. 유속이 빠른 물살에 균형을 잃지 않기 위해 필요하기도 하지만, 천적으로부터 자신을 보호하기 위한 장치이기도 합니다. 큰 모래 두 알은 눈을 부릅뜨고 있는 형상을 하고 있어 의심 많은 물고기를 쉽게 포기하게 만드는, 좀 더 안전한 장치가 됩니다.

나약하고 단점이 많아 거친 수중 생활을 어떻게 할까 고민하기보다는 자신의 나약함을 강점으로 바꿀 줄 아는 날도래 애벌레. 훌륭하지 않습니까? 벌레 한 마리가 디자인하는 삶도 이처럼 탁월함을 뽐낼 수 있는 것이 자연의 공식입니다.

그렇지만 사람 세상의 공식은 참으로 힘겹습니다. 아닌 것을 그런 것처럼 살아야 하고, 그런 것을 아닌 것처럼 살아야 하는 터무니없는 거짓

과도 타협해야 합니다.

사람다움을 뽐내지 못하고 사람다움을 포기해야 뭔가를 얻을 수 있는 세상. 왜 이렇게 됐을까요? 주변의 환경 안에서 해답을 얻지 못하고 다른 사람이 가진 것을 나도 가져야만 만족하는 삶, 굳이 필요하지 않은 것을 더 갖기 위한 욕심은 도대체 어디에서 비롯됐을까요? 서로의 것을 빼앗아 삶을 디자인하려다 보니, 빼앗긴 사람들의 삶은 갈 곳을 잃어 초라해졌습니다.

모래알이 적거나 나뭇잎이 부족해 집을 짓지 못하는 날도래 애벌레는 없습니다. 몸의 균형과 안전을 위해 남다름을 장착시키는 모래알은 언제라도 구할 수 있습니다.

어떤 이들은 자신이 변해야 세상이 변한다고 말하며, 또 어떤 이들은 세상을 변하게 하려면 서로가 뭉쳐 뜻을 같이 해야 한다고도 합니다. 단언키 어려운 답들이 세상에 난무합니다. 그런데 날도래가 일러주고 싶은 세상의 이야기는 단순함 그 자체인 것 같습니다.

주어진 환경에서 자신의 삶을 디자인하라! 이것이 진정한 탁월함이 아닐까요.

남다른 삶의 요건을 닮아가기에 충분한 이곳은 월출산국립공원 도갑사 자연관찰로입니다. 남다름이 있기에 더욱 가치가 있는 이곳의 생태 덕분에 자연이 선사해준 최고의 명품 자연관찰로가 되었습니다. 이하 거론되지 않은 수서생물들에게 섭섭한 마음 접어 달라는 메시지와 함께 해설을 위해 아껴두었다는 비밀의 밀서를 보내봅니다.

축축함으로 생명을 이야기하는 곳

끈끈이주걱과 남생이

사실 생명의 기원은 물에서 시작되었습니다. 물은 모든 생명의 근원이자 생명을 구성하고 있는 핵이며 생명을 유지할 수 있는 힘으로, 생명의 전반에 관여하고 있지요. 생명은 물이자 물은 곧 생명입니다.

이곳은 월출산국립공원 도갑사 자연관찰로의 마지막 해설 구간입니다. 생태적 지명으로 이런 곳을 습지濕地라고 합니다. 습지는 축축한 땅을 지칭하는 말로 간단하게 표현하자면 물을 담고 있는 땅이란 뜻입니다. 습지는 생명인 물을 담아 축축함을 유지하면서 습지만의 고유한 특성으로 생명을 길러내는 곳이지요. 습지는 생태계의 중요한 축을 담당하면서 습지만의 방법으로 생명을 이야기하는 특별함이 있는 곳이기도 합니다.

지구 면적의 약 6%는 습지로 이뤄져 있다고 합니다. 바다와 육지를 이어주는 갯벌습지와 물을 담수하고 있는 육상습지가 있지요. 이곳 자연관찰로의 습지는 육상습지 중에서도 산간습지가 되겠네요. 많은 물을 담고 있는 담수형 습지는 아니지만 월출산이 화강암의 암반으로 이뤄진 점을 생각하면 이곳의 습지는 생태적으로 아주 귀한 곳이 됩니다.

습지는 육상과 물을 이어주는 중간 형태의 생태 환경을 가지고 있어서 아주 다양한 생명체가 서식할 수 있는 곳입니다. 그래서 습지는 지구상에서 생명력이 가장 풍부한 곳이기도 합니다.

1971년 이란의 람사르에서 개최된 국제회의에서, 동식물 서식처로서 국제적으로도 중요한 의미를 지닌 '습지'를 보호하기 위해 국제협약이 체결되었습니다. 이 협약을 '람사르 조약'이라고 하며 국제환경법을 근간으로 하고 있습니다. 습지 자원의 보전과 현명한 이용을 위한 기본 방향을 제시한 것으로 우리나라는 1997년 101번째로 가입했습니다. 이 협약에 가입한 국가는 자국의 습지 중 한 곳 이상을 지정해 보전 계획을 수립하고 시행해야 하는데, 우리나라는 강원도 대암산의 늪과 경상남도 창원시에 있는 우포늪이 람사르 습지구역으로 등록돼 있습니다.

우리나라에 자생하는 수생식물과 습지식물만 해도 100여 종이 넘는데, 동식물을 모두 합한다면 그 숫자는 실로 엄청날 것입니다. 생태적 가치를 경제적 가치로만 환산하는 우리나라의 개발 방식은 아직도 여전해서, 생태적으로 문제가 많은 개발이 뒤따르기도 합니다. 새만금 갯벌은 생태적 가치보다 개발의 효용성만을 강조한 습지 개발의 대표적인 예입니다.

우리나라는 2,400km^2의 갯벌을 보유하고 있는데, 세계적으로 갯벌의 가치가 중요성을 새롭게 인정받고 있는 상황에도 경제 가치 운운하며 갯벌의 생태를 없애는 개발을 멈추지 못하고 있습니다. "갯벌은 음과 양의 기운이 만나는 곳이며 천하에 둘도 없는 명당"이라 해서 갯벌의 가치를 일찍부터 알아온 우리 조상들의 생태 방식을 꼭 버려야 할까요? 갯벌을 포기하며 얻은 공장부지와 주택지, 농경지로 인해 우리의 경제 발전이 가속화될지는 모르겠으나, 장담하기 이른 성공은 아닐런지요.

갯벌은 영구적으로 사용할 수 있는 정화 필터로서 '지구의 콩팥'이라고도 부릅니다. 콩팥은 노폐물을 걸러주는 매우 중요한 역할을 담당하지요. 지구의 노폐물을 걸러주는 콩팥, 즉 갯벌이 적어진다면 미처 거르지 못한 노폐물들은 어디로 가게 될까요? 예측은 어렵지 않습니다. 바로 환경 재앙이라는 이름으로 우리에게 돌아오겠지요.

개발과 발전이라는 가치로 인해 희생되었던 지구의 콩팥은 이제라도 돌아와야 합니다. 그렇지 않으면 예견된 재앙에 우리의 후손들이 위태롭습니다. 몇 세대 후의 이야기가 아니라 바로 우리의 아들딸들에 관한 이야기입니다.

지구에서 만들어지는 산소의 70%는 숲이 아닌 바다에서 생성된다고 합니다. 식물성 프랑크톤이 바다에서 광합성을 통해 산소를 만들어내고 있습니다. 프랑크톤의 먹이는 주로 갯벌에서 생성되어 바다로 퍼져나가는데, 경제적 가치를 앞세워 갯벌의 생태적 가치를 외면한다면 결국 논리의 모순에 빠지고 맙니다.

갯벌은 육상의 생산성보다 9배나 높은 가치를 지니고 있으며, 갯벌의 어류 생산성은 에이커당 10톤이라는 연구 결과도 있습니다. 게다가 홍수와 태풍 같은 자연재해를 줄여줍니다. 바다의 콩팥을 잘 지켜낼 때 우리의 콩팥도 건강해지는 것입니다. 갯벌이 거르지 못한 노폐물은 결국 우리 몸에서 걸러야 하니까요.

환경 재앙으로 토종이 없어지면

한때 천성산 습지로 인한 환경 분쟁으로 온 나라가 들썩인 적이 있습니다. "도롱뇽은 인간의 법정에 설 자격이 없다"며 기각되었지요. 공사는 강행되어 지금은 고속철이 쌩쌩 달리는 터널이 된 천성산 습지가 부디 무사하길 바랍니다. 도룡뇽이 살 수 없는 환경은 우리가 살 수 없는 환경이 된다는 걸 알아야 하는데 말이죠.

태초에 생태계가 짜일 때 모든 것은 필요에 의해 생성되었고 필요에 의해 소멸했습니다. 생태계의 조절은 사람이 하는 것이 아닙니다. 자연의 필요에 의해 생성하고 소멸하는 것입니다.

예를 들어볼까요. 유럽의 역사는 중세 이전과 이후로 나뉘는데, 당시 유럽을 휩쓸었던 흑사병이 그 역사를 양분하고 있습니다. 종교의 번성을 목적으로 과도한 마녀사냥이 시작되었고, 사람은 물론 야생고양이까지 화형시키기에 이르렀던 시기. 인위적으로 고양이의 숫자가 급속히 감소하자, 이로 말미암아 쥐들의 숫자가 급격히 증가함에 따라 쥐들을 숙주로 한 흑사병이 유럽을 뒤덮어 버린 것입니다.

지금은 천성산의 습지가 현상유지를 하고는 있다지만 글쎄요. 사람들은 마치 자연의 법을 모두 이해한 것처럼 생각하지만, 자연의 법은 논리로 이해되지 않는 부분이 반드시 있습니다.

지율 스님이 보여주었던 '자연에 대한 이해'는 우리에게 울림을 줍니다. 지율 스님은 천성산에 있는 자신의 선방에서 나와 공사 현장의 포크레인 앞에 서 있는가 하면 절벽, 부산시청 그리고 청와대 앞에까지 와서 단식 수행을 하면서 도룡뇽의 아픔을 함께 나누려고 했습니다.

"이 사회가 그 작은 생명을 하나의 가치로 인정할 때 굳이 신앙의 힘을 빌리지 않아도 우리가 사는 이 땅이 불국토이며 하나님의 나라라는 것을 깨닫게 되리라고 믿습니다."

스님의 이야기는 몸이 크다고 하여 생명이 귀하며 작다고 하여 하찮을 수 없다는 메시지를 전합니다. "내 생각이 틀리더라도 습지의 생태가 잘 보존되길 바라는 마음뿐이다."라고 했던 지율 스님의 남다른 습지 사랑이 아니었더라면 일반인들의 인식 속에 습지의 생태와 중요성은 아직도 생소했을지 모릅니다.

생명의 근원인 물을 담아 축축함으로 생명을 길러내는 습지에는 이곳에서만 볼 수 있는 동식물들이 있습니다. 물매화, 닭의난초, 잠자리난초, 그리고 도롱뇽, 참개구리, 산개구리 등이 있으며, 월출산국립공원의 깃대종(대표 동식물)인 끈끈이주걱과 남생이(천연기념물)도 있습니다.

끈끈이주걱은 이곳 습지에 자생하고 있고, 남생이는 월출산국립공원

월출산국립공원에서 보호하고 있는 끈끈이주걱과 남생이

사무소의 대체 서식지에서 관리하고 있습니다. 토종 남생이의 무분별한 남획과 서식지 파괴로 개체수가 현저히 줄어들어 멸종위기야생생물 2급으로서 특별한 보호가 필요했기 때문이지요. 생물자원을 보전하여 생물의 다양성을 지켜내려는 각고의 노력입니다.

우리나라의 17개 산악국립공원과 4개의 해상국립공원에서는 약 40여 종이 넘는 동식물을 깃대종으로 보호하고 있습니다. 1993년 국제연합환경계획(UNEP)은 '생물 다양성 국가 연구에 관한 가이드 라인'을 발표했습니다. 환경과 생물 다양성으로 국가의 경쟁력이 평가되는 시대가 서서히 다가오고 있고, 국가 간의 환경 경쟁은 이미 시작되었습니다.

세계적인 농학자 노먼 블로거는 경남 진주의 '앉은뱅이 밀'을 기초로 하여 다수확 밀 품종을 개발하는 데 성공해 노벨상을 거머쥐었습니다. 이외에도 우리나라에서 미국, 러시아, 일본 등에 유출된 토종 종자는 수천 점이 됩니다. 이 종자들이 그들의 기술에 의해 품종 개량이 되면서 우리는 그것을 다시 수입하는 지경에 이르렀지요. 우리나라가 향후 10년 동안 지불해야 할 로열티는 8천억 원에 육박한다고 합니다. 종자 주권이 없어질 경우 우리는 계속해서 로열티를 지불해야 하며 종자 식민 국가로 전락할 위기에 놓여 있는 것입니다.

1차 산업인 농업을 활성화하지 못한다면 우리가 쌓고 있는 첨단산업은 사상누각일 뿐입니다. 어떤 사람은 "종자는 식량 주권의 원천"이라고 했으며, 또 다른 사람은 "종자는 반도체며 문화"라고 외치고 있습니다. 종자의 중요성은 아무리 강조해도 지나치지 않습니다.

우리는 도대체 무엇을 위해 달리기만 했을까요? '수수꽃다리'라는 정
겨운 이름을 가진 대한민국의 나무가 태평양을 건너와 '미스 김 라일락'
이라는 생소함으로 귀환할 때까지 우리의 달렸던 시간은 우리를 지금
어디에 데려다 놓았을까요? 달려왔던 노력만큼 배는 채우고 살고 있지
만, 우리의 몸을 채우고 있는 식재료들은 도대체 어디서 온 것입니까?

한식에 들어가는 재료의 70%가 외국산 종자로 재배되고 있는 불편
한 진실을 혹시 알고 있나요? 우리나라 청양고추의 종자 특허권은 미국
의 다국적 기업인 몬산토가 가지고 있다는 엄연한 현실은요? 우리의 종
자로 노벨상을 타는 미국인이 있는가 하면, 우리의 종자로 품종을 개량
해 세계 종자 시장을 휩쓸고 있는 나라가 있습니다. 그들의 경쟁력은 우

월출산국립공원 남생이 보호실

리를 종자 식민국가로 만들고 있습니다.

국립공원은 규제가 많고 제약하는 것이 많아 불편하다고 이야기하는 사람들이 많습니다. 하지만 우리나라가 환경 경쟁력을 갖추려면 다소의 불편함은 감수해야 합니다. 불법 밀렵이 성행하고 몸에 좋은 약초를 캐기 위해 생업도 아닌 사람이 온 산을 파헤치는 일들은 이제 멈춰져야 하지 않을까요. 우리를 감싸고 있는 환경은 우리의 목숨줄이자 후손들의 요람인 동시에 우리 몸속을 쉼 없이 드나드는 산소입니다.

풍요의 상징 남생이, 생각보다 귀여운 끈끈이주걱

월출산국립공원의 깃대종인 토종 남생이는 현재 멸종위기종 2급으로 분류되어 있습니다. 무분별한 포획, 하천 정비, 그리고 무리한 도로 확장 등이 남생이의 개체수가 현저히 줄어든 원인이지요.

그나마 월출산 주변에 살고 있는 주민이 부상당한 남생이를 발견해 국립공원 사무실로 연락을 해왔기 때문에 지금처럼 보호를 하고 있는 것입니다. 다른 생명체에 대한 연민만 느낄 수 있어도 우리는 환경에 대한 경쟁력을 가질 수 있습니다.

월출산국립공원에는 남생이를 보호하는 계류장繫留場이 있습니다. 월출산 사무소에 오면 누구라도 볼 수 있도록 개방하고 있습니다. 먹이로 물고기나 우렁 등을 넣어주고는 있지만, 남생이가 야생성을 잃지 않도록 사냥에는 사람이 관여하지 않습니다. 개체수가 증가하면 남생이들은 야생으로 돌려보내질 것입니다. 야성을 잃은 개체 증식은 남생이에게 별

도움이 되지 않거니와 야생에서 살아남지 못한다면 지금 월출산에서 하고 있는 일이 의미가 없어질 테니까요.

사람들은 흔히 남생이와 자라를 잘 구별하지 못하는데, 남생이는 물과 땅을 동시에 오가며 생활하고 땅 위에 올라오면 걸어서 이동하는 특징이 있습니다. 그런데 자라는 물속에서만 생활하며 산란을 위해 땅에 올라올 때도 있지만 걷지 못하고 기어서 다니기 때문에 확연한 차이가 있습니다.[6] 몸통에도 차이가 있는데, 자라는 더 납작하며 남생이는 등이 불룩 올라와 있어서 쉽게 구별할 수 있습니다.

서로 사이가 좋지 못할 때 우리는 "남생이 등허리 같다"라고 합니다. 남생이 등에는 무엇을 올려놓아도 미끄러져 내리기 때문인데, 신기하게도 남생이들은 서로의 등을 타고 놀기를 좋아합니다. 특히 어린 남생이들은 큰 녀석들 등에 올라 햇볕 쬐는 것을 아주 좋아합니다.

남생이가 땅에 올라와 있는 것은 먹이 채집을 하기 위해서가 아니라 몸에 붙어 있는 기생충을 햇볕으로 살균하기 위해서인데, 흙에 있는 유익한 균을 이용해 상처 소독을 할 줄 아는 아주 영민한 동물이지요. 이곳 계류장에는 자라도 한 마리 살고 있는데, 자라와 남생이를 비교해 보면 확실히 남생이의 지능이 높은 것을 알 수 있습니다.

남생이는 우리에게 매우 서정적인 동물입니다. 풍자와 해악 그리고 놀이문화에도 남생이가 인용되고 있지요. 민속놀이 춤인 강강술래를 응용한 청어엮기 놀이 등을 할 때에 남생이와 관련된 노래를 부릅니다.

남생아 놀아라 출래출래가 잘 논다

어화색이 저 색이 곡우남생 놀아라

익사 적사 소사리가 내론다

청주 뜨자 아랑주 뜨자

철나무 초야 내 젓가락

나무접시 구갱캥

개고리 개골청 방죽 안에 왕개골

왕개골을 찾을라면 양팔을 득득 걷고

미나리 방죽을 더듬어

어응 어응 어응 낭

어응 어라디야

삼대독자 외아들 병이 날까 수심인데

개고리는 뭣하러 잡나

이렇듯 남생이가 들어간 노래를 부르며 다산과 풍요를 기원했는데, 노래 중간에 곡우남생이란 내용이 있습니다.

'곡우'라는 절기는 사람은 모내기를 하고 남생이는 번식을 위해 알을 낳는 시기입니다. 남생이가 알을 낳을 때 물 가까운 곳에 알을 낳으면 비가 적게 내리고, 물과 멀리 떨어진 곳에 낳으면 비가 많이 온다는 것을 예측할 수 있었습니다. '청주 뜨자'라는 내용이 있는 것은 쌀로 술을

빛을 만큼 풍년이 들게 해 달라는 기원을 담았던 것입니다.

　우리 민족은 항상 자연과의 화합을 꿈꾸었습니다. 사계절이 뚜렷한 탓에 화합하지 않으면 절기의 변화를 감당하기 어려웠을 것입니다. 국토의 7할은 산으로 뒤덮여 있어 농사 지을 땅이 협소했고, 그 좁은 곳에서 농사를 지어내야 했으니 가뭄과 홍수에 대한 예측을 여러 가지 방법으로 했던 것입니다. 참나무 열매인 도토리가 많이 열리면 흉년이 든다고 예측했으며, 개구리가 물 가장자리에 알을 낳으면 비가 많아 농사를 짓기가 힘들다는 예측까지. 자연의 여러 가지 현상들을 보면서 가뭄과 홍수, 흉년과 풍년을 예측해 냈던 우리 민족은 자연이 고집하는 방정식을 풀어냈던 것이라고 생각합니다.

　자연이 내어준 만큼 받되 항상 준비를 게을리하지 않고, 자연의 모든 것을 활용할 수 있는 지혜. 우리 민족은 자연이 내놓는 변화에서 언제나 답을 찾았으며, 그 속에서 아름다운 문화를 꽃피웠고 오늘에 이르고 있는 것입니다. 자연을 알고 그곳에서 고유한 존재 방식을 찾아낸 문화,

지금 우리가 누리고 있는 의식주 방식은 결국 자연과 소통하던 결과는 아닐까요.

법적보호종으로 지정된 *끈끈이주걱*은 우리나라를 대표하는 식충식물입니다. 벌레 잡는 끈끈이주걱의 실제 크기는 사진 **1**에서처럼 사실 백 원짜리 동전만 합니다. 직접 보면 "에게, 이게 무슨 벌레를 잡아?"라고 할 사람도 있을 겁니다. 끈끈이주걱의 크기가 이처럼 작다 보니 실망스럽기도 하겠지요. 사실 해설을 하다 보면 이런 경우를 종종 보기도 합니다. 그러니 끈끈이주걱을 보여준 뒤 해설을 할 때와 보여주지 않고 해설을 할 때는 분명히 차이가 있습니다.

끈끈이주걱을 보여주고 해설을 시작하면, 조그마한 녀석의 능력과 신비로움에 반해 버립니다. 그렇지만 해설을 마치고 이 녀석을 보여주면 믿기 어렵다는 듯 고개를 갸웃거리는데, 지나친 상상력으로 끈끈이주걱의 크기를 부풀리기 때문에 벌어지는 일입니다. 밀림에 있는 벌레잡이 식물을 상상하는 경우가 많아서 이런 일이 생기는 것이지요.

우리나라에 자생하는 식충식물은 이밖에도 땅귀개(사진 **2**), 이삭귀개(사진 **3**) 그리고 통발이 있습니다.

이곳의 습지에도 네 종류의 식충식물이 모두 있었지만, 습지의 육화현상이 급속히 진행되고 있어 지금은 끈끈이주걱만 겨우 그 자리를 보전하고 있습니다.

끈끈이주걱이 서식하는 이곳 월출산의 습지는 햇빛이 잘 들고 산성을 띠는 습지의 특성을 가지고 있습니다. 끈끈이주걱은 주걱처럼 생긴 잎 위에 가는 촉모가 촘촘히 나 있으며, 촉모 끝부분에 끈끈한 점액질을 만들어내 작은 곤충을 유인합니다. 촉모에서 나온 효소의 작용으로 붙잡은 곤충으로부터 양분을 흡수하고 다시 잎을 벌려 다른 곤충을 잡습니다. 질소가 없는 산성 습지에서 질소를 얻기 위한 생존 방법이지요. 촉모에 벌레가 붙고 약 6시간이 지나야 잎을 완전히 접을 수 있습니다. 끈끈이주걱은 단백질 분해효소와 키틴 분해효소로 곤충의 몸을 녹여, 자신에게 필요한 양분인 동물성 질소를 얻습니다.

자연의 욕구를 사람이 가로막지 못한다

"자연에는 창조되는 것도 없고 사라지는 것도 없다. 모든 것은 변할 뿐이다." 프랑스의 화학자 라브아지에가 주장한 말입니다.

이곳의 자연도 그의 주장처럼 변화를 맞이하고 있는 것 같습니다. 제가 도갑사 자연관찰로 습지를 처음 접한 것이 14년 전이었는데, 제가 처음 보았던 그때의 습지와 지금의 습지는 모습이 많이 달라졌습니다. 습지를 구성하고 있던 식생은 많이 사라지고 육화식물이 그 자리를 차지하고 앉아 있지요. 월출산국립공원도 이곳의 변화를 받아들여야 할 것인지, 아니면 인위적인 방법을 동원해서라도 변화를 가로막을 것인지에 대해 고심하고 있는 중입니다.

자연의 변화를 순순히 받아들이면 귀한 습지 생태를 잃게 되고, 인위적인 방법을 동원하면 습지는 유지하겠지만 국립공원이 추구하는 자원 보전의 정신을 벗어나기 때문이지요. 그래서 지금은 목재 데크를 철거하고 특별보호구역으로 설정해 육화현상을 약간 지연시키고는 있지만, 자연의 거센 욕구를 사람의 힘으로 제어하기란 매우 어려운 일입니다.

그래도 이곳이 아직은 습지의 기능을 멈추진 않았습니다. 참나무 씨앗이 날아와 번식하고 육화식물인 물억새가 자라고 있지만, 습지에서만 서식하는 끈끈이주걱이 있고, 봄이 되면 도롱뇽이 어김없이 알을 낳으며, 물매화도 여전히 피어나고 있으니까요. 많은 개체는 아니지만 여전히 이곳은 습지의 존재를 증명하고 있고, 파충류와 양서류가 동시에 서식할 수 있는 최적의 조건을 가지고 있습니다.

데크를 제거하고 도갑습지를 복원하고 있다.

　그래서 이곳은 생태 피라미드가 온전히 충족되는 곳이면서 자연의 변화 욕구를 상세히 관찰할 수 있는 곳이기도 합니다. 아쉽지만 이곳이 습지의 기능을 멈추고 숲의 푸르름을 선택하고 싶어 한다면 자연의 법칙을 받아들여야겠지요. 축축함으로 생명을 이야기하는 이곳이 더 이상 축축함을 거부할 땐 그만한 이유가 반드시 있을 것이며, 우린 그 이유를 존중해야만 합니다. 월출산국립공원 도갑사 자연관찰로의 습지가 더 이상 습지가 아닌 곳이 되려면 얼마의 시간이 소요될지는 모르겠으나, 분명한 것은 습지는 사라지고 있다는 것입니다.

　자연은 끊임없이 변화하고 생성과 소멸을 반복합니다. 이곳의 습지만 해도 자연의 변화 욕구를 강렬하게 보여주고 있습니다. 자연의 거센 욕구를 사람은 가로막지 못합니다.

　그 옛날 사람들은 동굴 속에 숨어 장엄한 자연의 힘을 견디기 위해 하늘을 보며 움찔거렸습니다. 자연을 이기기 위해서가 아니라 두려움을 견디기 위해서였지요. 그리고 언제부턴가 사람들이 종교를 만들어 믿기 시작한 때부터 사람들은 자연의 두려움을 종교를 통해 잊고자 했고, 또 그리 되었습니다. 그러면서 자연의 섭리를 과학적으로 증명하거나 생활에 이용하면서 자연 앞에 두려움 없이 설 수 있게 되었습니다.

두려움 없이 자연과 마주하고 나니 슬슬 은밀한 욕망들이 꿈틀거렸고, 욕망을 채우기 위해 자연을 수탈하기에 이르렀지요. 자연이 견딜 수 있는 수탈의 한계치가 어느 정도일지는 모르겠으나 인간의 수탈 게임을 자연이 그리 즐기고 있는 것 같진 않습니다.

자연의 게임에서는 자연이 정하는 게임의 규칙밖엔 없습니다. 인간의 게임에 자연을 포함시켰다는 오만함을 내려놓아야 합니다. 자연은 인간의 아이덴티티를 존중해 주지 않습니다. 자연의 법에 도덕이라는 개념은 없으며, 자연의 방법으로 그 영향력을 행사할 뿐이지요. 자연은 우리가 내던진 카드를 언제고 집어들어 패를 섞고, 자연의 게임을 다시 시작할 수 있는 영향력을 행사할 것입니다. 우리가 던진 수탈의 카드가 언제 다시 자연의 법칙 안에 섞일지는 아무도 모릅니다. 도갑사 자연관찰로의 습지가 자연이 변화를 주도하는 과정을 여과 없이 보여줍니다.

아직은 아름다운 습지의 생태가 살아 있기에 도갑사 자연관찰로의 습지를 '습지'라고 부르고 있지만, 머지않아 습지의 명맥은 사라질 것이고 습지의 흔적만으로 생태를 이야기해야 할지도 모릅니다.

습지 생태에 남다른 궁금증이 있었던 분이 계셨다면 미안한 마음을 전합니다. 이곳 습지에 관한 생태 이야기를 많이 꺼내놓지 않은 것은 변화를 주도하는 자연의 모습을 글로만 읽어서는 알 수 없기 때문입니다. 습지 사랑이 남다르다면 이곳으로 오셔서 직접 보고 느끼고 생각해 보시기 바랍니다. 축축함을 담아 생명을 이야기하는 이곳의 습지가 우리들의 세상에 따뜻한 생태 피라미드를 기억시키길 바랄 뿐입니다.

습지는 빠르게 육화되고 있지만(아래 사진), 물을 좋아하는 식물인 붓꽃도 피어 있다(위 사진).

숲은 번개를 두려워하지 않는다

콩과식물과 뿌리혹박테리아

태초에 물과 불과 공기와 땅이 생겨났습니다. 태초의 자연을 읽어내고 최초의 생명체인 식물이 지구에 푸른 옷을 입히기 시작했으며, 그 푸른 옷들이 내뿜는 산소를 통해 동물이 생겨나기 시작했습니다. 식물은 스스로 살아가는 방법을 최초로 깨달은 지구의 생명체입니다. 필요에 따라 무엇을 버리고 무엇을 취해야 하는지 생명의 순환을 통해 알고 있다는 뜻입니다. 가장 단순한 방법으로 가장 지혜롭게 자연의 일부가 되어 식물은 스스로의 자존감으로 지구의 푸른 옷을 지켜 왔습니다.

그런데 식물이 동물보다 하등한 것 아니냐 따져 묻는 인간들이 생겨났습니다. 오만한 이성으로 무장한 사람들은 자연의 소중함과 두려움을 상실한 지 오래입니다. 자연이 스스로 내어주는 것보다 더 많은 것을 얻기 위해 식물과 가축들에게 유전자 조작까지 스스럼없이 자행하고, 식량 생산에 총력을 기울이면서 그 성과에 우쭐거리기도 합니다. 화학비료의 힘으로 식물을 길러내고 그렇게 생산된 곡물로 우리는 배를 채우고 가축을 사육합니다.

그 결과 화학비료는 토양을 오염시키고 오염된 토양에는 병원균들이 득실거리면서 농약을 청하게 되었지요. 결국 곡물은 농약을 뒤집어쓰고 자라게 되었고, 그것이 기어이 우리의 식탁에까지 올라오고 있습니다. 그래서 늘어난 인구의 수만큼 병원病原도 증가하고 질병의 종류도 각양각색이 되고 말았습니다.

조건만 갖춰지면 식물은 꽃을 피운다

숲에 있는 식물과 인간의 농작물은 같은 식물의 반열에 있지만 전혀 다른 방법으로 자연과 관계합니다. 가뭄으로 농작물이 말라비틀어질 때도 숲은 견딜 수 있는 힘을 가지고 있습니다. 그러나 사람들이 관여하는 농작물은 자연의 법칙보다는 사람의 법칙으로 길러지다 보니 무방비상태에 놓여버립니다. 그래서 병도 잦을 뿐더러 화학비료 없이는 성장을 거부하는 사태에까지 이르렀지요. 가장 지혜롭던 식물이 점점 바보가 되어가고 이젠 사람들의 돌봄이 없으면 병원균으로 인해 몰살될 위기에 처해 있습니다.

풍성한 우리들의 식탁은 이런 불편한 진실을 껴안고 윤기 나는 곡물과 기름진 고기들로 채워지고 있는 것입니다. 식물이 지니고 있는 초자연적인 힘을 얘기하고자 불편한 진실을 꺼내어 보았는데, 왠지 뒷맛이 씁쓸하네요.

여러분은 식물하면 가장 먼저 무엇이 떠오르나요? 녹색? 아니면 광합성? 여러 가지가 연상되겠지요. 저는 여기에 식물의 절대적 가치 하나를 추가하려고 합니다. 식물의 종류는 매우 다양하며 우리와는 떼려야 뗄 수 없는 부동의 관계입니다. 먹이사슬의 최하층에서 생태 전반을 지탱해 주는 생명의 근간입니다.

식물이 살아가려면 '조건'이 필요한데, 씨앗이 발아할 때도 조건이 필요하고, 광합성 작용을 할 때도 조건이 맞아야 합니다. 식물에게는 적합한 온도가 있어야 하며, 성장을 하려면 양분도 있어야 하지요. 조건이 충족되지 않으면 식물은 싹조차 틔울 수 없습니다.

제법 까다롭다는 생각이 들지도 모르지만, 자연의 순환에 놓여 있는 식물이라면 문제될 것이 아무것도 없습니다. 식물에게 자연환경은 이미 극복된 대상이기 때문입니다. 스스로 살아가는 방법을 터득했으니 생존의 두려움 따위는 존재하지 않는 것이지요. 삶과 죽음에 대한 두려움이 없기 때문에 세상과 관계하는 방법들이 비교적 단순하고 명료할 때가 많습니다.

식물은 지구가 생명을 다하는 날일지라도 멸종의 위기를 극복할 수 있는 지혜로움을 지니고 있습니다. 씨앗을 만들 때는 반드시 타임캡슐을 잊지 않지요. 몇 년 동안 지속될 가뭄이나 홍수, 화산 폭발, 지진 등 천재지변에 준하는 재앙을 항시 염두에 두고 씨앗을 만들어 놓습니다. 그래서 식물의 씨앗에는 발아의 조건이 필요하게 된 것입니다. 조건이 충족되지 않는다면 씨앗은 절대로 발아하지 않으며 묵묵히 때를 기다릴 것입니다.

어느 누구라도 식물이 하등하다며 가볍게 여기는 경솔한 입질을 이제는 멈추어야 합니다. 흔하디흔한 식물이라고 얕잡아본다면 그는 매우 어리석은 사람일 것입니다. 식물의 본질에 대해 깨닫지 못한 사람들이 지껄이는 소리는 잊어버리세요. 작은 풀꽃 속에 우주의 시원始原이 담겨 있습니다. 그 사랑스러운 꽃송이에 마음을 기울인다면 당신은 이미 우주의 법칙을 이해한 고결한 사람입니다.

이끼는 다른 식물이 살지 않는 바위나 오래된 나무의 껍질에서 살면서 다른 생물들이 살 만한 환경을 만들어냅니다. 이끼가 퍼져 비옥하고 습한 환경이 조성되면 마삭줄 같은 넝쿨식물이 들어오고, 소나무처럼 바위의 건조한 환경에도 견디는 나무들이 자라게 됩니다. 또 이끼는 작은 동물들의 은신처가 되거나 먹이가 되기도 하지요. 바위에 여러 색이 배어 있는 것처럼 보이는 것은 이끼나 지의류(균류와 조류의 복합체)가 살고 있는 흔적입니다. 이끼는 공기 중의 수분이나 이슬을 먹고 살기 때문에 오염이 심한 곳에서는 살 수 없습니다. 이끼가 살고 있다면 그곳은 좋은 환경입니다.

액포로 열어! 질소를 저장해!

식물들은 무척 고등한 방법으로 열매를 맺고 번식을 합니다. 식물이 자연과 관계하는 고등한 방법 중 한 가지를 예로 들어보겠습니다.

커다란 굉음과 함께 눈 깜짝할 사이도 없이 땅으로 내리꽂히는 번개의 모습은 이 땅에 인간이 살기 시작한 순간부터 원초적인 두려움을 안겨주었습니다. 우주는 육체적인 생존을 위해 두려움을 고안해 냈다고 합니다. 우리의 뇌 하단부는 생존의 위험이 있을 때마다 싸울 것인지 도망칠 것인지 결정하는 책임을 지고 있습니다. 그래서 고대인들은 번개의 두려움을 피해 동굴 속으로 파고들기 시작했고, 동굴 벽에 문화의 흔적을 남기기에 이르렀지요. 인간에게 번개는 두려움의 대상이었고 극복되지 못할 한계점이었습니다.

사람들이 그렇게 두려움으로 떨고 있을 때, 식물들은 번개가 베푸는 축복의 잔치에 기꺼이 참여해 왔습니다. 식물은 광합성 작용을 통해 성장하고 열매를 맺으며 번식하는데, 이때 반드시 양분이 필요합니다. 바로 '질소'라는 것이 필요하지요.

대기 중에는 78%의 질소(N_2)와 21%의 산소(O_2)가 있고, 나머지는 아르곤, 탄산가스, 메탄 등 여러 물질로 구성되어 있습니다. 식물의 성장을 돕고 번식을 도모하는 질소가 대기 중엔 이처럼 많은데도 식물에게는 단지 그림의 떡일 뿐입니다. 왜냐하면 질소(N_2)는 식물의 뿌리가 직접 흡수할 수 있는 상태가 아니기 때문입니다. 질소 분자 두 개가 찰떡처럼 딱 달라붙어 있어서 좀처럼 떨어지지 않는데다가 식물의 뿌리가 흡수할 엄두를 내지 못할 만한 크기로 구성되어 있기 때문이지요. 스테이크를 칼로 잘게 나누어야 먹을 수 있듯이 질소도 누군가는 반드시 잘게 나눠줘야 식물도 흡수할 수 있다는 뜻입니다.

그렇다면 대기 중에 떠 있는 그 수많은 질소가 식물들에게 아무 도움도 주지 못하는데, 어떻게 식물은 끊임없이 열매를 맺고 번식을 하고 있는 것일까 의문이 생깁니다. 자, 그러면 이제부터 의문점을 풀어볼까요.

질소 분자인 N_2는 삼중결합을 한 불활성 기체입니다. 이처럼 단단한 구조를 가진 녀석을 식물의 뿌리가 흡수하지 못하는 것은 어쩌면 당연한지도 모릅니다. 식물이 흡수할 수 있는 질소는 암모니아(NH_3)나 질산(HNO_3)의 형태여야 합니다. 그런데 질소 분자를 쪼개 질소 원자로 만들어 다른 분자와 결합시키려면 상당한 양의 에너지가 필요합니다.

이쯤에서 사람들을 두려움에 떨게 했으며 기어이 동굴로 기어들게 만들었던 녀석을 다시 등장시켜 볼까요. 번개는 대기 중의 방전 현상放電 現像을 일컫는 말입니다. 번개의 전기량은 1회에 10억V, 즉 5,000A(암페어)의 전류가 흐르며, 낙뢰는 100W의 전구 7,000개를 8시간 동안 켤 수 있는 에너지를 가지고 있다고 합니다. 번개가 칠 때는 3만 도가 넘는 초고온의 에너지가 발생하고 찰떡처럼 엉켜 있던 질긴 질소(N_2) 분자 녀석이 질소 원자로 쪼개지면서 공기 중의 산소와 결합합니다(NO_2).

이렇게 생성된 질산화물은 빗물에 용해되어 질산염(NO_3)이 되어 땅으로 이동합니다. 번개가 한 번 칠 때마다 약 1조의 1,000배인 10^{27}만큼의 산화질소가 생성됩니다. 약 45.4kg의 산화질소가 생성된다는 이야기가 되지요. 지구에는 1초에 100건이 넘는 번개가 발생하고 번개로 생산되는 산화질소의 양은 초당 5.5t이며 한 해에 약 3,000만t에 이르는 엄청난 양입니다.

이런 관점에서 본다면 우리는 번개에 대해 새로운 인식을 가져야 합니다. 이렇게 번개에 의해 생성된 질소는 지구 전체의 질소 고정량 중 5~8%를 차지합니다. 어떤 분은 "에게, 그만큼밖에 안 돼?"하는 분도 있을 테고, 어떤 분들은 "그렇구나"하는 분들도 있겠지요. 하지만 한 번 쪼개진 질소는 다시 질소(N_2) 분자로 환원되지는 못합니다. 식물과 동물의 세포 속에 저장되기도 하고 배출되기도 할 뿐이지요. 생명이 깃든 어떤 곳이든 순환은 멈추지 않으니까요.

지구의 역사 속에서 번개가 쪼개 놓은 질소 원자들의 수를 감안한다면 결코 적은 양이라 말하지 못할 것입니다. 혹시 질소라는 양분이 생명체에 어떤 영향을 줄까 하는 궁금증이 생기셨나요? 그렇다면 다음 이야기가 듣고 싶으실 겁니다.

식물의 결실과 성장 또는 동물의 성장과 번식이 이루어지려면 반드시 단백질을 필요로 합니다. 식물은 주로 잎의 뒷면에 있는 기공이 흡수한 이산화탄소(CO_2)와 뿌리로부터 흡수한 물(H_2O)을 원료로 엽록체의 클로로필 색소를 흡수한 후 햇빛의 에너지를 이용해 포도당을 생산합니다.

외부로부터 흡수한 이물질들로 새로운 세포나 기관을 만들기 위해서는 에너지가 필요합니다. 광합성으로 생산된 포도당은 에너지원으로 소비된 후 나머지는 지엽枝葉이나 과실을 키우는 데 사용되며, 다음해의 저장 양분으로 가지나 뿌리에 저장되지요. 그런데 생물의 몸체 안에서 일어나는 여러 가지 중요한 반응들에는 반드시 효소가 있어야 합니다. 그 효소들은 모두 단백질이며 단백질의 핵심 원소 가운데 하나가 질소인 것입니다. 그뿐 아니라 유전 정보를 간직하는 DNA 단백질을 합성하는 RNA에도 질소는 없어서는 안 될 중요한 원소입니다.

그렇다면 이쯤에서 콩과식물 이야기를 꺼내지 않고는 이야기를 마무리할 수 없습니다.

콩과식물은 뿌리혹박테리아에게 당을 제공하고, 콩과식물은 뿌리혹박테리아로부터 질소를 얻으면서 공생 관계를 유지합니다. 그러면 왜 모든 식물이 뿌리혹박테리아와 공생하지 않을까 반문이 생깁니다. 그것은 공생의 선택을 식물이 아니라 뿌리혹박테리아가 하기 때문입니다.

콩과식물은 뿌리에 콩알만 한 혹이 형성되어 있는데, 이것을 뿌리혹박테리아라고 부릅니다. 질소를 고정시켜서(분자 구조를 정지하는 일) 잘게 부숴주는 역할을 하기 때문에 질소고정세균이라고 부르기도 하지요. 질소고정세균은 대부분 공기를 싫어하는 혐기성 미생물이기 때문에(산소가 없는 곳에서 생육한다) 뿌리 속에 들어가 혹을 만들면서 콩과 함께 살고 있는 것입니다.

콩은 밭에서 나는 쇠고기라 부를 정도로 단백질이 풍부합니다. 단백질은 콩을 튼실하게 만들기 위한 성분으로 질소를 매우 선호하지요. 그래서 콩과식물은 튼실한 열매를 맺기 위한 특별한 생존 전략이 필요했고 뿌리혹박테리아와 공생을 하는 것이지요.

콩 뿌리에 혹처럼 달려 있는 뿌리혹박테리아

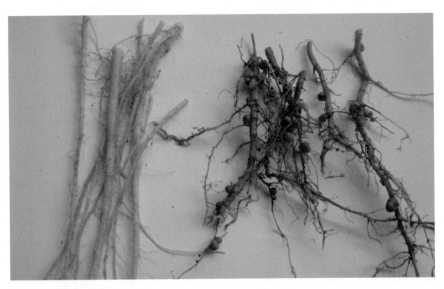

참비름의 뿌리(왼쪽)와 콩의 뿌리(오른쪽)

콩과식물은 뿌리혹박테리아가 좋아하는 물질들을 토양으로 분비해 뿌리혹박테리아를 끌어들입니다. 콩 뿌리가 유혹하는 대로 뿌리혹박테리아는 콩 뿌리 속까지 들어가서 콩으로부터 당분을 받아먹고 편하게 살면서 콩과식물이 필요로 하는 질소를 충분히 공급해 줍니다. 그래서 질소 비료를 주는 대신 콩을 같이 심으면 땅을 좋게 만들 수 있다는 말도 있습니다.

단백질이 많이 들어 있는 콩과식물을 제외하면 대부분의 식물은 질소를 그렇게 많이 필요로 하지 않습니다. 식물이 뿌리를 박고 사는 토양에는 식물이 이용할 수 있는 질소의 양이 상대적으로 적은데, 이러한 자연 조건에 식물은 적응을 한 셈입니다.

이런 조건들로 인해 식물은 영리해졌습니다. 식물은 '액포'라는 세포를 가지고 있습니다. 액포는 일부 진핵세포가 가지고 있는 막으로 싸여 있는 거대한 세포 소기관인데, 액포의 기능은 매우 다양합니다. 영양분을 저장하고 부적당한 파편들을 감싸기도 하고 세포에 독이 될 물질을 격리시키거나 배출시키기도 합니다. 양분이 풍부해졌을 때에는 액포에 당과 염류, 질산이온을 저장해 놓았다가 필요할 때 아미노산과 핵산 또는 단백질의 원료로 쓰기도 합니다. 식물이 이러한 기능을 가졌기 때문에 변화무쌍한 기상조건 속에서도 자신에게 꼭 필요한 질소를 확보하며 살아남는 것이지요.

토양에는 질소가 부족하기 때문에 식물은 질소를 흡수하면 저장하는 습관이 있습니다. 그래서 농작물에 화학비료인 질소를 넣어주면 식물의 세포는 질소만 잔뜩 저장해 버립니다. 그러다 보니 얕은 가뭄에도 농작물들은 힘겨워하지요. 햇빛 쨍쨍한 날 농작물들의 축 처진 잎은 수분 저장을 게을리해서 발생한 문제점입니다. 액포에 저장해 놓은 것이 질소뿐인지라 가뭄을 대비하지 못한 것입니다. 영리한 식물이 영민함을 내려놓고 사람들이 갖춰 주는 환경에 사람의 방법으로 자연과 마주하다 보니 식물의 궤도에서 이탈해 버린 것입니다. 사람의 손을 거친 농작물은 자연의 산물이라고 보기 힘든 것이 바로 그런 이유입니다.

땅은 어쩌다 볏짚을 빼앗겼을까

토양 속에는 수많은 미생물들이 특별한 효소를 가지고 식물과 함께 살고 있습니다. 숲속의 식물들은 병치레 없이 다들 잘 살고 있는 반면, 농작물들은 끊임없이 병에 시달리며 살아가고 있습니다. 그런데 인간은

농작물의 병을 고친다며 농약을 사용하기 시작했고, 생산을 늘리기 위해 화학비료와 오염된 가축의 분뇨를 거름이라며 아끼지 않고 넣어주었습니다. 그런 연유로 인해 식물을 도와주던 세균은 사라지고 농토는 점점 황폐화되고 있는 것이 현실입니다.

숲의 짙푸른 건강은 우리에게 무엇을 말해주는 걸까요? 자연은 스스로 자연스럽기에 자연인 것입니다. 군더더기 없는 자연의 법칙에 무수한 방법들을 첨가하면서 우리는 물질의 풍요를 마음껏 누리고 있습니다만. 글쎄요? 스스로 자연스럽지 않은 인위적인 방법들이 언제까지 통용될 수 있을까요?

수확을 마친 논을 들여다보십시오. 소의 먹이로 팔려나가기 위한 볏짚들이 하얀 비닐에 꽁꽁 싸여 있는 걸 본 적 있을 겁니다. 곡식은 수확을 해야겠지만 볏짚이라도 돌려주면서 땅을 어르고 달래줘야 하건만 그것조차 여의치 않습니다.

흙은 미생물이 확보될 때 건강성을 회복할 수 있고, 좋지 못한 병원균도 이겨낼 힘을 얻습니다. 병원균을 이겨낼 힘을 얻지 못한 농지는 병든 농작물을 길러낼 수밖에 없고 우린 그것을 먹을 수밖에 없는 지경에 있습니다. 수십억 년의 세월 동안 축적한 식물의 정체성을 회복시켜 주지 않는다면 우리의 건강한 미래는 장담하기 어려울 것입니다.

숲은 번개를 두려워하지 않습니다. 두려움이 없다는 것은 잃을 것이 없다는 것이며, 생명에 대한 자신감이 있다는 것이지요. 번개가 칠 때마다 축복처럼 쏟아지는 질소를 반기며 몸속 깊은 곳에 차곡차곡 쌓아

놓고, 다음 유전자를 만들어낼 줄 아는 지혜로운 식물의 세상. 자연은 절대적 가치 이외에 그 무엇도 첨가하지 않습니다. 쓸모없는 자연현상이라고 생각했던 번개마저 식물을 키워내고 있는데, 그런 가치를 부여한 자연 앞에 우리는 무엇을 안다고 우쭐거릴 수 있을까요. 자연에 수없는 방법들을 첨가하면서 풍요를 누리고 있는 우리네 삶이 진정한 건강을 담아내고 있다고 착각하고 있는 것은 아닐까요.

숲이 번개의 힘을 이용하여 살아갈 방법을 이미 터득했을 때, 그 아득한 시간 속에 인류는 없었습니다. 식물이 자연환경을 극복하고 정체성을 확보했을 때에도 인류는 없었지요. 사람들이 생겨나 번개의 두려움을 피해 동굴 속에 파고들어 신을 의지했지만 식물은 자신을 믿었습니다.

편리함을 누리고 있는 인간 세상에서 우리는 잃어버리고 있는 것들이 너무도 많다는 사실을 알아야 합니다. 생명이 원시적인 힘을 잃어버렸다면 자연이 들이미는 답안지에 도대체 무엇을 적을 수 있을까요? 사람에겐 생명의 타임캡슐도 없습니다. 그래서 식물이 하는 노력보다 더 많은 노력이 필요하지만, 오늘의 시간을 소비만 하고 있는 것은 아닌지요.

번개가 칩니다. 숲은 설명서에 꼼꼼히 기록을 해놓았습니다.

"번개다! 액포를 열어 질소를 저장해."

자연의 답안지는 간단명료합니다.

미친 듯이 열심히 살지만 고단한 당신에게

한반도 남단 드넓은 평야에 우뚝 솟아 있는 월출산. 그래서 외롭다고들 하지만 저 혼자 우뚝이 서서 제 몸을 뽐내니 외로움쯤은 오히려 즐거움이 됩니다. 평지에서 거의 수직으로 809m를 솟아 있으니 그 위용은 가히 천하를 호령하는 듯하고 장엄한 무게가 대지를 압도합니다.

그렇다고 기죽을 영암평야는 아니지요. 주봉인 천황봉이 향로봉, 구정봉, 장군봉과 더불어 열두 봉의 주인이라고 우쭐댄다면, 영암평야도 생명의 젖줄인 영산강을 품어 사람들을 건사하고 있으니 기죽을 이유가 하나도 없습니다.

화강암의 영험한 기운이 언제나 폴폴 샘솟고 있어 기氣의 고장이 된 영암에서 월출산과 영암평야는 어느새 생명을 건사하는 동질성을 확보했습니다.

열두 봉우리가 각자의 아름다운 모습을 뽐내며 해를 띄우고 달을 띄위 아름다운 실루엣을 자아내는 월출산은 매일이 봉들의 잔칫날이 됩니다. '남도의 소小금강'이란 찬사가 결코 과하지 않은 곳이지요. 호남에서 으뜸가는 그림 같은 산이라 예찬했던 매월당 김시습의 표현처럼 자연이 빚어냈다고 하기엔 믿어지지 않을 만큼 정교한 아름다움이 있는 곳이 월출산입니다.

제가 살고 있는 이곳의 지명을 영암靈巖이라고 하는데, 신령스러운 바위가 있는 곳이란 뜻이지요. 그 옛날 중원을 제패한 원나라가 동쪽에 있는 우리나라를 주목하고 침탈하기 위해 사신들을 보냈습니다. 국내 정세를 염탐하던 중 한반도 남단에는 영험靈驗한 바위가 있어 한반도의 기운이 예사롭지 않다는 이야기를 듣게 되었답니다. 이에 사신들은 예사롭지 않은 기운을 품어내고 있는 영험의 바위를 제거하는 작업에 곧바로 착수했다고 하지요. 영험의 기운을 내뿜고 있는 바위는 총 세 개가 있었는데, 그 바위들을 밀어 떨어뜨리면 영험의 기운이 제거될 것이라 생각한 그들은 바위 세 개를 모두 밀어 떨어뜨렸다고 합니다.

그런데요. 신기하게 바위 하나가 다시 떠올라 제자리로 돌아갔다는 이야기가 전설로 전해지고 있습니다. 이때부터 다시 제자리로 돌아간 바위를 사람들은 신령스러운 바위라고 부르기 시작했고, 신령스러운 바위를 품고 있는 곳이라 하여 영암靈巖이라는 지명이 생겨난 것입니다. 그래서인지 이곳 영암은 풍요롭기도 하지만 월출산의 강한 화강암 기운으로 인해 사람들이 매우 활기찬 기질을 가지고 있습니다.

바위는 오랜 세월 풍화작용을 거치면서 모습을 변화시킵니다. 오랜 세월 수직과 수평의 절리節理를 반복하며 풍화가 진행되지요. 바위 맨 꼭지 부분에서 풍화가 빠른 속도로 진행되면 핵석Core stone이라고 하는 둥근 돌덩이만 남겨지는데, 이런 곳을 토르Tor라고 부릅니다. 월출산의 수많은 바위들은 맨 꼭지 부분이 둥글둥글한 핵석으로 이루어져 있어 토르 경관이 더욱 아름다운 곳입니다.

월출산은 '달을 낳는다'고 하여 그 옛날엔 '월생산月生山'이라 부른 적도 있다는데, 어디 산이 달을 낳겠습니까? 옛날 사람들의 해악과 풍류는 참으로 멋스럽기도 하거니와 정갈한 맛이 일품인 한정식과도 같습니다.

뜻이 깊어 그 뜻을 알고 나면 콧등이 매워지는 식물의 이름 하나, 곤충의 생김새를 보노라면 이름의 유래를 알 수 있는 통쾌한 웃음 하나, 고갯마루 이름에서 느껴지는 한의 카테고리, 씨실과 날실처럼 정교하지만 여분의 미학을 배제치 않는 사물들의 이름 하나씩. 월출산의 생명과 바위들에는 우리 선조들의 지혜가 기록돼 있습니다. 그 기록들이 허망하게 잠들지 않기를 저는 바라고 있습니다.

산이 산을 품고 있는 골 깊고 물 깊은 산세라면 모를까 월출산에 생명을 의탁한 동식물들에게 삶은 결코 간단치 않습니다. 특히 먹이를 찾아 이동하는 야생동물들에게 평지에 우뚝 솟은 산의 우람함 따위는 필요치 않습니다. 자동차 도로를 넘고 넘어야 겨우 야트막한 산들이 있는데, 그곳을 넘는 것도 도로에 목숨의 절반은 내어놓아야 가능합니다.

나무는 어떻습니까. 월출산의 전신은 강한 화강암으로 구성되어 있습니다. 분출되지 못한 마그마가 땅속에서 굳어져 형성된 암석이라 그런지 화강암의 독기가 여간 아닙니다. 뿜어내지 못한 독기를 어르고 달래며 겨우겨우 뿌리를 내린 나무들이지만 월출산의 나무들은 씩씩합니다. 비록 씩씩함의 이면에는 고달픔이란 아픔이 늘 존재하지만 해결이 아닌 보완으로, 그들만의 생존 방식으로 삶을 이어가기 때문에 언제나 씩씩합니다.

삶을 너무 진지하게 살다 보면 지치게 마련이고, 너무 가볍게 살다 보면 소중한 것들을 잃어버리는 법입니다. 그렇다면 어떻게 살 것인가 고민이 됩니다. 그에 대한 답은 지나버린 나의 시간에서 찾아야 합니다. 얼룩진 삶은 간결하게, 복잡한 삶은 명료하게, 상처로 인해 흉터가 있으면 그것을 인정하면 됩니다.

아닌 것을 그런 것처럼 포장하는 기술을 첨가하지 마세요. 다른 사람은 속일 수 있어도 자신의 눈은 속일 수 없기 때문에 언젠간 탈이 납니다. 자연의 순수에 삶을 투영시키고 자신의 순수를 되찾을 수 있다면 여러분의 미래는 희망이라는 이름으로 밝아질 것입니다.

월출산의 자연은 순수합니다. 화강암의 강한 독기를 순수로 정화시켜 살아가는 생명들의 삶이 얼마나 고단하겠습니까. 하지만 순수하지 못하면 고단한 삶은 지치게 마련입니다. 지친 세상 속에서도 아이들의 눈빛은 순수하듯, 잃어버린 내면의 순수를 찾았을 때 우리는 무한 행복의 문을 열 수 있습니다.

월출산의 생명들은 고단함 속에 순수를 찾았고, 그것이 곧 숭고한 아름다움이 되었습니다. 그들의 삶은 고난에 처연합니다. 삶의 지표를 잃었다고 생각하시나요? 삶의 의미를 잊으셨다고요? 진정한 행복의 문을 열고 싶으세요? 풍부하게 소유할 것인가, 풍성하게 존재할 것인가? 심오한 철학이 담겨 있는 법정스님의 법문이 아니어도 모름지기 사람은 자신을 들여다보아야 합니다. 자주 들여다보아야 하지요.

풍부하게 소유하기 위해 자신이 무슨 행위를 하고 있는지, 풍성하게 존재하지 못한 자신이 얼마나 외롭고 불행했는지. 한번쯤 자신의 자아를 헤집어보고 싶다면 주저하지 마세요. 자신을 들여다볼 거울을 얻고 싶다면 월출산으로 오세요. 잘생긴 거울은 아니지만 똑 부러진 거울은 얼마든지 있습니다. 우리네 삶의 고단함이 우리를 건조한 괴물로 만들고 있다면, 자연의 고단함이 어떻게 순수를 만들어 가는지 한번쯤 지켜보는 것도 좋을 것 같습니다.

월출산에 깃든 생명들이 쏟아내는 처연한 순수가 행복을 순풍순풍 낳거든 꾸려온 배낭에 차곡차곡 담아 건조한 감성들이 잔뜩 모여 있는 곳에 뿌려 주세요. 자연의 나눔에서 얻은 행복은 그렇게 오고가더이다.

고단하지만 순수한 삶을 이어가고 있는 월출산의 생명 일동

덧붙임

죽기 전에 꼭 가봐야 할
남도의 명물 5

– 국립공원을 중심으로 –

1. 월출산국립공원 구정봉 큰바위얼굴
2. 무등산국립공원 서석대와 입석대
3. 내장산국립공원 백양사 이팝나무
4. 다도해해상국립공원 구계등
5. 다도해해상국립공원 우이도

큰바위얼굴 머리 위엔
개구리가 산다

월출산 주봉인 천황봉天皇峯은 해발 809m의 화강암 암봉巖峯으로 이루어져 있습니다. 나라와 백성의 평안을 빌며 하늘에 제사를 지내던 바위인지라 천황봉이라는 존귀한 이름을 가지게 되었지요.

아침 하늘에 불꽃처럼 기를 내뿜는 기상이라 하여 월출산은 화승조천火昇朝天이라고 칭했을 만큼 강한 기가 뭉쳐 있는 영험한 산이자 국가의 안녕을 기원했던 곳입니다.

이렇듯 존귀한 천황봉에서 사람 세상을 내려다보고 세상을 품어보셨다면 이제는 품었던 세상을 겸손하게 내려놓아야 하는 봉우리를 주목해 주셔야 합니다. "왜 그래야 합니까?"라고 반문하는 분이 계시겠지요. 하지만 제가 지금 꺼내들고자 하는 이야기를 듣게 된다면 생각이 달라질 것이라 믿습니다.

주봉인 천황봉에서 서쪽 능선을 타고 약 1km를 걷다 보면 홀연히 나타나는 바위가 있습니다. 지금까지 인간 중심으로 세상을 보아왔다면, 이제는 자연을 아우르는 쾌도난마의 느낌으로 가야 합니다. 봉우리에 아홉 개의 우물이 있는 봉우리라고 하여 구정봉九井峰이라 부르고 있는 곳입니다. 단단한 화강암 바위에, 그것도 하나의 봉우리에 아홉 개의 구멍이 있다는 것은 그리 흔치 않은 일입니다. 심한 가뭄이 들면 이곳에 있는 물로 기우제를 지냈다는 설도 있긴 하지만, 생각건대 이곳의 구멍은 가벼운 가뭄에도 물이 쉽게 마르는 것으로 보입니다. 그 아홉 개 중 가장 크고 깊은 구멍 하나에서 이야기는 시작됩니다.

비가 내리면 구멍은 물이 가득 채워지고 이후 마르기를 반복합니다. 오직 하늘의 뜻이 이곳의 구멍을 지배하는 것이지요. 하늘의 뜻으로 채워지고 비워지다 보니 하늘의 뜻을 받아들인 생명만이 이곳의 주인이 될 수 있을 겁니다. 하늘의 뜻을 이해하려면 생명의 본질을 어디까지 내려놓고 어디까지 표출해야 할까요? 풀 한 포기 없는 이곳에서, 더구나 기약 없는 기다림과 예측되지 않는 기후 조건은 그들의 삶을 얼마나 다그칠까요?

5월 초부터 7월 중순까지 이곳의 구멍 중 가마솥을 닮은 가장 큰 구멍에 개구리가 알을 낳습니다. 해발 738m의 바위로만 이루어진 곳에서 물을 의지해야만 살 수 있는 생명체가 있다는 것은 누구도 믿어주지 않

덧붙임

을 것 같은 이야기입니다. 사람의 생각으로는 더듬지 못할 경이로운 반전은 과연 위대한 스승인 자연만이 주도할 수 있는 이야기 같습니다.

좋은 환경이라 해도 개구리 알이 올챙이가 되어 성체가 되려면 약 50~60일 정도가 소요됩니다. 두 달 동안 가마솥 구멍은 마르지 않아야 하며, 올챙이를 성장시킬 먹이도 있어야 합니다. 원하는 모든 것을 거머쥘 수 있는 것이 세상 사는 법이라면 세상사 참으로 쉽겠지만, 삶이란 그런 공식을 허락하지 않습니다. 올챙이들의 목숨줄을 틀어쥐고 있는 하늘의 허락이 있어야 비도 내리지요. 그렇다고 줄창 비만 쏟아진다고 올챙이가 사는 것도 아닙니다. 먹이가 부족하기도 하지만 물의 온도가 유지되어야 올챙이가 살 수 있으니까요.

따뜻한 온도와 적정한 햇볕이 있어야 이끼도 자라서 먹이가 되어주며, 날곤충도 날아들어 올챙이의 배를 채울 수 있습니다. 이래저래 먹이가 부족하면 서로를 잡아먹어야 하는 한니발리즘이 도래하는 사태가 발생합니다. 때로는 가마솥 구멍에 물이 말라 모든 올챙이들이 떼죽음을 당하는 비운이 찾아들기도 합니다. 결국 가마솥 구멍에서 태어난 올챙이들의 예견된 운명일지도 모르겠네요.

서로를 잡아먹어야 하고 모든 올챙이가 몰살당할 수도 있는 이 비정한 공간 속에 알을 낳고, 그 누구도 이기지 못할 시간을 견뎌내며 무당개구리가 머물러 있습니다. 언제부터 시작된 삶인지는 알 수 없으나 이곳의 개구리들은 팔짝팔짝 뛰지도 않습니다.

아마도 개구리의 본질을 하늘에 돌려준 것이 틀림없습니다. 제가 이곳에서 만났던 무당개구리는 발을 굴러 위협을 해보았지만 절대로 폴짝거리지 않았습니다. 언제나 엉금엉금 기어서 이동하는 것으로 보였지요. 뜀박질의 본능을 내려놓았기에 이곳을 삶의 공간으로 확보할 수 있었을지도 모르겠습니다. 생각 없이 폴짝거리다가 자칫하면 천길 낭떠러지로 떨어지게 될 테니까요. 삶과 죽음의 경계선에 있다는 것은 겸손의 미덕을 어루만지지 않고는 감히 살아낼 수 없음을 의미할 것입니다.

생명에는 도무지 이해할 수 없는 능력과 잠재력이 있기에 한계를 초월한 삶도 있나 봅니다. 감당치 못할 환경이지만 개구리는 생명의 본질을 겸손히 내려놓았기에 하늘이 허락한 공간을 차지하고 있습니다. 한계를 설정하지 않은 그들의 삶을 통해 생명의 존엄한 가치를 깨닫습니다.

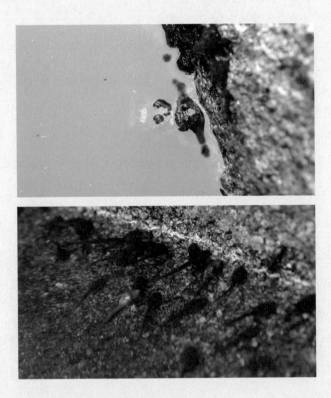

이처럼 믿지 못할 생명의 이야기가 놀라운 신화를 기록하는 걸까요. 신화의 주인공으로 남는다는 것은 평범함을 위대함으로 바꿔내지 못한다면 인정받을 수 없음을 뜻합니다. 살기 좋은 계곡을 떠나 높고 높은 봉우리에 삶의 터전을 마련하고 개구리들이 기록하고 싶은 하늘의 뜻은 과연 무엇일까요?

생명이 자리잡지 못할 공간에서 개구리들이 살고 있다는 것을 설명하기란 참으로 어렵습니다. 하늘의 뜻이라 생각할 수밖에 없는 단 하나의 이유! 개구리들은 대부분 수중생활을 하는데, 이곳의 환경은 수중생활을 할 수 있는 공간이 전혀 없다는 것이지요.

사람들이 볼 수 없는 공간 속에 물이 고여 있다면 모르겠지만, 이 또한 확인할 수는 없습니다. 구정봉의 봉우리는 100여m의 낭떠러지로 되어 있으며, 서쪽 사면으로 이어진 곳에 약간의 나무숲이 있지만 이 또한 바위들이 서로 엉켜 있어 물이 고여 있을 만한 공간이 확보되기는 어렵다고 추정할 뿐이지요.

하늘이 기록하고자 하는 엄정한 뜻을 개구리가 수행하고 있는 걸까요? 너무 감상적인 추상이라고 생각될지 모르지만, 구정봉 바위가 품고 있는 형상을 주목해 본다면 생각이 조금은 달라질지도 모릅니다.

구정봉의 동쪽 사면에는 사람의 혼을 불어넣은 듯한 표정을 가진 바위가 있습니다. 100여m에 이르는 깎아지른 절벽에 또렷이 새겨진 사람의 얼굴은 지구상 어느 곳에서도 볼 수 없는 최고의 명품입니다. 자연이 빚어낸 얼굴 형상의 바위로는 유일하다지요. 이것을 구정봉 '큰바위얼굴'이라고 부릅니다. 얼마나 오랜 세월 동안 빚어졌는지 알 수는 없으나 자연이 빚었다고 하기엔 믿기 어려운 거짓말 같은 정교함이 있습니다.

수많은 세상의 이야기를 토해낼 것 같은 바위의 결기는 사람의 생각을 오롯이 발산하고 있으며, 무생물의 존재감은 이미 살아 있는 자의 상념을 흡입한 지 오래된 듯한 모습이지요. 바위는 생명의 온기를 집어삼키고 개구리들의 팔딱거리는 심장소리를 들으며 점점 사람의 모습으로 진화하더니 종국엔 혼미한 세상을 구해낼 영웅의 모습으로 우리 앞에 나타났습니다. 이곳의 개구리들은 하늘이 허락한 공간에서 자연이 기록하는 역사에 생명의 힘을 불어넣고 있다는 생각이 든다면 비약일까요.

사람이 기록하는 역사에는 수많은 영웅들이 탄생하고 만들어집니다. 시대가 요구하는 새로운 영웅의 출현을 기대하기도 하며, 시대를 바꾸는 영웅도 있습니다.

우리나라에는 최초로 풍수사상을 설파했던 도선국사가 있습니다. 땅의 길흉이 사람의 생활에 영향을 미친다는 사상인데, 우리의 고유문화에서 풍수사상이 배제된 문화는 거의 없다고 생각합니다.

국가를 경영하는 도성을 짓거나 한낱 개인의 집을 지을 때마저 풍수사상을 배제한 건축물은 없지요. 땅에서 흐르는 기운을 모으고 흩어지게 하여 사람을 이롭게 한다는 풍수사상은 자연의 법칙에 순응하면서 음양오행의 원리로 삶의 가치를 구현하는 중요한 요건이었습니다.

도선국사의 예언을 기록한 것으로 민간사상에 많은 영향을 끼친 『도선비기道詵秘記』에는 월출산 구정봉의 기운으로 세상을 다스릴 제왕이 나온다고 기록되어 있습니다. 굳이 도선국사의 예언을 빌리지 않아도 구정봉 큰바위얼굴과 마주서면 그 기운이 느껴집니다.

또렷하게 정리된 얼굴의 윤곽과 100여m에 이르는 깎아지른 절벽의 위용 그리고 깊은 눈매와 세상을 음미하는 듯한 입술. 더 이상 말이 필요치 않습니다. 많은 강대국들의 수탈과 노략질에 우리 민족은 헤아릴 수 없는 아픔을 겪기도 했지요. 그렇지만 구정봉 큰바위얼굴을 올려다보면 저절로 마음이 환해집니다. 심장이 요동치는 것은 말할 것도 없이, 오금이 쩌릿거리는 경쾌한 전율에 후들거리는 두 다리를 겨우 붙들어 두어야 하지요.

생명을 품지 못할 바위가 생명을 품어주고 생명의 본질을 겸손히 내려놓은 개구리들의 이야기가 그냥 그러저러한 시시한 이야기가 아니었으면 좋겠습니다.

시간이 기록한
바위의 역사

입석대

보석을 품어 사람을 모으고 그 사람들의 표정을 담아 스스로를 빛내더니 종극엔 스스로의 위엄으로 국립공원의 반열에 오른 산. 빛고을 광주의 자존심, 무등산 이야기를 펼쳐보려고 합니다.

산이 산을 업고 업어 구름을 잡아 세우더니 제 것인 양 걸쳐 입고 숨겼다 펼쳤다 반복하며 사람들의 마음을 훔치고 있는 곳. 우리나라 막내 국립공원인 무등산의 보석을 여러분에게 보여드리고 싶습니다.

사람의 시간으로는 도저히 불가능한 시간의 역사를 자연은 펼쳐냅니다. 이 자연의 역사는 생성과 소멸의 역사이기도 하지만 한편으로는 기록의 역사이기도 합니다.

고생대나 중생대의 역사 그리고 신생대의 역사를 들춰보면, 지구의 나이를 가늠하거나 그 시대를 살았던 동식물의 모습을 가늠하는 것이 가능합니다. 시간이 기록한 역사를 찾는다는 것은 쉬운 일이 아닙니다. 그러기에 한평생 이런 것들을 연구하며 사는 직업도 있지 않습니까.

하지만 누구라도 자연이 기록한 역사를 단박에 살펴볼 수 있는 요행수가 있는데, 바로 바위가 기록한 자연의 역사를 엿보는 것입니다. 단지 '오랜 세월'이라고만 말하기에는 조금 부족할지 모르겠지만, 이것만큼 핵심을 잡지는 못할 것입니다. 그렇지요. 아주 오랜 세월. 그것 말고 다른 해석을 붙이는 것은 오만이 될 수도 있습니다. 우리가 살아보지 못한 시간이기도 하지만 그 시간 속에 바위는 존재하기 때문이지요.

무등산의 속살이 비집고 나와 비바람 그리고 햇볕과 눈보라를 마주했던 시간을 우리가 어찌 헤아릴 수 있겠습니까? 다만 그 경이로움에 감탄사를 짓는 일 말고는 아무것도 할 수 없지요.

무등산의 입석대와 서석대를 마주하고 서 있다 보면, 저절로 손을 뻗고 싶다는 충동이 드는데, 줄지어 서 있는 바위들이 손에 잡힐 듯 가까이 있기 때문입니다. 입석대立石臺는 바위가 서 있는 모습에서 그 이름이 유래되었으며, 서석대瑞石臺는 상서로운 돌이라는 의미를 지니고 있습니다. '그럼 바위들이 서 있지 주저앉아 있나요? 바위가 누워 있겠습니까?' 이런 생각이 들지요? 하지만 이곳의 바위들을 보신다면 서 있다는 표현이 가장 어울린다고 생각하실 겁니다.

우리나라 어느 곳에서도 볼 수 있는 것이 바위인지라 시시한 바위 이야기겠구나 짐작할 수도 있지만, 이곳의 바위들이 줄지어 서 있는 모습을 본다면, '아!' 하는 감탄사와 함께 스스로도 만족감에 풍덩 빠질 것이라 확신합니다.

바위는 풍화작용을 통해 자신의 몸을 디자인하는데, 대개는 수평절리水平節理와 수직절리垂直節理를 통해 바위의 몸통이 조각됩니다.

이곳 무등산의 바위는 중생대 백악기 화산 활동의 산물로 용암이 냉각 수축하면서 이루어진 암반이기 때문에 수직절리의 풍화가 대부분을 차지합니다. 그렇기 때문에 기둥처럼 생긴 바위들이 줄을 짓거나 열을 지어 서 있는 모습이지요. 신들의 정원을 지키는 병정처럼 보이기도 하고, 하늘의 천명을 받드는 신전의 모습으로 비춰지기도 합니다.

무등산은 1,187m의 높은 산으로 형성되어 있어, 정상에 오를 때까지는 운해를 덮어쓰고 올라야 하는 날이 많습니다. 심중한 염원을 담고 오르고 올라도 입석대와 서석대를 볼 수 없는 상황이 종종 발생합니다. 한편으론 운해와 함께하는 입석대와 서석대를 봐야만 진정한 멋스러움을 느끼게 되니 참으로 난감한 발걸음입니다.

입석대에 걸려 있는 운해나 서석대를 감싸고 있는 운해를 마주하다 보면, 상서로운 기운이 영혼을 정화시켜 주는 상쾌함을 맛볼 수 있지요. 살아 있는 인간이 느낄 수 있는 최고의 오감 자극이 될 것입니다.

태산이 무너질 것 같은 걱정거리가 자신을 습격하는 날이 많아질수록 점점 초라해지는 것이 사람의 마음입니다. 그러면서도 아직 피우지 못한 꽃들이 마음속에서 봉우리를 만들고 있지 않습니까? 어떤 공간, 어떤 시간에도 걱정과 근심이 지속되고 있다면, 삶은 늘 그렇고 그렇게 흘러갈 것이고 허름해진 삶이 될 수도 있지요.

무등산 입석대와 서석대에 올라 상서로운 기운으로 자신을 감싸 보세요. 이곳에 오른 시간만큼은 더할 나위 없는 행복한 마음을 펼쳐 꽃보다 아름다운 사람이 되어 보세요. 하루하루 마음속에서 접혀버린 꽃

잎을 하나하나 펼치다 보면 내일의 삶이 오늘의 봄꽃보다 찬란해지지 않을까 생각합니다.

　그리고 피우지 못한 마음의 꽃에 물 한 됫박 주고, 살아 있는 지금의 시간을 느껴 보십시오. 열지어, 줄지어 서 있는 돌기둥의 경건한 행복이 이제 내 것임을 잊지 마시고 마음속에 품어 가시길 바랍니다. 무등산의 운해가 당신의 마음을 띄워 행복한 신탁이 있는 입석대와 서석대에 올려다놓는 충분한 이유가 될 것입니다.

서석대의 여름

3. 내장산국립공원 백양사 이팝나무

나무가 기록한
시간의 역사

백양사 쌍계루. 오른쪽에 쓰러질 듯한 이팝나무가 보인다.

연못의 끌림을 이기지 못하고 풍덩 빠질 것 같은 위태로움은 세월의 무게 딱 그것일 겁니다. 이 나무가 흐드러지게 꽃을 피웠을 때에는 위태로운 무게의 수준이 수위를 더 높여줍니다. 머리에 샴푸를 가득 묻히고 연못에 머리를 헹구려고 덤벼드는 모습처럼 보이기도 합니다.

물속에 비친 자신의 모습을 너무도 사랑한 나르키소스, 결국 스스로를 사랑한 죄가 너무 크다 보니 젊은 나이에 시들거리다 말라 죽었다는 이야기. 서러운 청춘의 넋이 꽃이 되어 피어나 수선화라는 이름으로 우리 곁에 머물러 있는 나르키소스의 모습, 딱 그 모습 같습니다.

700여 년을 담고 있는 나무에서 찾지 못할 역사가 무엇일까요. 700 살이 넘는 나무의 이야기를 하려면 우리나라 역사를 더듬어 올라 고려 말엽까지 가야 합니다. 이곳에 있는 나무가 기록하고 있는 역사가 사람 의 역사에서 비롯되었으니 사람의 역사를 따라 올라가야 합니다.

때는 고려 말, 백양사를 중창하고 사찰 주변에 비자나무 숲을 조성한 각진국사가 짚고 다니던 지팡이를 연못가에 꽂아 두었는데, 이것이 잎을 내고 꽃을 피우기 시작하더니 나무가 되었더라!

차마 믿기 어려운 거짓말이지요? 지팡이가 나무가 되었다니 이를 어 찌 믿으란 것인지 고개를 저을 수밖에 없습니다. 하지만 믿지 않는다고 해서 달라질 것은 아무것도 없습니다. 그러니 실제로 지팡이가 나무가 되었든 그렇지 않든 그런 건 중요치 않습니다. 700여 년의 세월을 견뎌 준 이 나무를 지금 우리가 눈앞에 두고 있다는 것이 중요합니다.

내장산국립공원 백암사무소에서 그리 멀지 않은 곳에 백양사가 있습 니다. 사찰 입구에는 쌍계루가 있으며 연못 주변으로는 수령이 오래된 비자나무와 갈참나무 군락지가 있습니다. 주류를 넘어서야 하는 비주 류는 힘겨운 삶의 무게를 견뎌내지 못하면 자멸하고 맙니다. 무성한 비 자나무와 갈참나무가 주류를 이끌고 있는 이곳에서 비주류인 이팝나 무 두 그루가 700여 년의 세월을 견뎌냈다는 것은 참으로 대단한 것입 니다.

비주류의 본능으로 700여 년을 견뎌왔다면 '강단剛斷'의 개념을 넘어 '깡'으로 버텨온 것인지도 모릅니다. 이곳에 있는 두 그루의 이팝나무는

311

죽기 전에 꼭 가봐야 할 남도의 명물 5

연못가에 있는데, 한 그루는 사찰 입구에 서 있으며, 또 한 그루는 사찰 건너편에 있습니다. 사찰 입구에 있는 이팝나무는 하늘을 향해 꼿꼿이 서 있는데, 반대편에 있는 이팝나무는 연못으로 풍덩 빠질 것처럼 보이는 아찔함이 위태위태합니다.

사찰 입구에 있는 녀석은 경쟁이 치열하지 않은 환경을 무기로 쭉쭉 뻗어 자랐지만, 반대편에 있는 녀석은 주류들의 등쌀을 견뎌내지 못하고 연못 쪽으로 몸을 눕다시피 했습니다. 그래도 해마다 꽃을 피우는 실력으로 말할 것 같으면, 사찰 입구에 있는 이팝나무는 흉내도 내지 못할 만큼 풍성한 꽃을 피워냅니다.

나무는 그렇습니다. 건강하고 살기 좋으면 꽃과 열매가 좋을 것 같지만, 그렇지 않습니다. 나무는 솔직한 이기심을 장점으로 성장하는데, 살기 좋은 환경에 놓이면 번식보다는 성장에 더 집중합니다.

나무가 풍성하게 꽃을 피우고 열매를 많이 맺는 것은 삶이 고단하여 몸부림치고 있다는 뜻입니다. 나무가 씨앗이나 열매에 영양분을 많이 투입한다는 것은 자신의 삶이 위협받기 때문입니다. 삶을 장담할 수 없으니 자신의 분신을 만드는 일에 더 집중하는 것이지요.

이래저래 고단한 삶이지만 자신에게 주어진 삶을 마지막까지 충실히 살아내려는 우직스러운 솔직함이 참으로 눈물겹습니다. 자신의 몸을 눕혀서라도 간절히 이뤄내고 싶었던 것은 과연 무엇일까요? 깊은 의문을 던지게 합니다. 사찰 입구에 우두커니 서 있는 이팝나무에 답이 있지 않을까 생각해 봅니다.

백양사 건너편에 있는 이팝나무

죽기 전에 꼭 가봐야 할 남도의 명물 5

연못에 몸져누워 있는 이팝나무의 방향을 살펴보면 아녀자가 무심한 서방을 향해 달려가려는 통한의 몸짓 같다는 생각이 듭니다. 자신은 해마다 풍성한 꽃을 피우고 씨앗을 맺지만, 사찰 입구의 살기 좋은 곳에서 의기양양 뻗대고 서 있는 나무가 얼마나 부럽고 원망스럽겠습니까! 처자식 내팽개치고 출가한 승려 때문에 애달파하는 아녀자의 모습이 혹시 이런 모습은 아닐런지요.

예전에 그랬다지요. 일찌거니 장가를 들어 가정을 꾸린 다음에 출가를 결심하는 일이 많았다고 합니다. 그러다 보니 남겨진 자식들과 시댁을 건사해야 했던 아녀자의 서러움과 한을 어찌했을까요? 생과부로 살아야 하는 세월도 세월이지만, 무엇보다도 자신이 책임져야 할 삶의 무게는 감당하기 어려웠을 것입니다. 700년 동안 살아서 견뎌낸 목숨이다 보니 고통에 고통을 더하는 화두를 끌어안고 연못에 비친 제 모습을 통해 깨달음의 깊은 경지에 이르고 있는 것은 아닐까요?

속세를 버리고 떠나간 사람과 속세에 남겨진 사람의 모습이 그대로 기록된 듯한 백양사 입구의 두 그루 이팝나무가 우리에게 조용히 속삭여 주네요.

"속인의 세상은 번뇌의 세상이라네. 오늘 자네가 끌어안고 있는 그 번뇌가 세상의 것이기에 자네가 세상에 있는 증거가 되지 않는가. 세상을 탐하려는 마음이 있걸랑 그 번뇌마저 사랑하시게.

수많은 시간 나는 연못을 들여다보고 있다네. 연못은 나를 통해 세상을 보고, 나는 연못을 통해 나를 본다네. 이젠 둘이랄 것도 없는 나눔의 경계가 다 무슨 소용이란 말인가? 번뇌가 자네이고 자네가 번뇌인 것을.

죽기 전에 꼭 가봐야 할 남도의 명물 5

군이 떼어놓지 마시게나. 자네의 번뇌가 있기에 오늘의 진리를 구하려는 마음이 생기는 걸세. 살아 있는 생명의 기록이란 바로 그런 것이라네!"

700년을 살아낸 몸짓이 한을 담은 아녀자의 몸짓이면 어떻고, 해탈한 승려의 몸짓이면 어떻습니까. 오직 자신만 사랑해야 하는 죄를 끌어안고 죽어가는 나르키소스로 머물러 있기에는 내 주변에 사람들이 너무 많습니다. 자신만을 사랑하기에 만들어지는 번뇌는 슬며시 내려놓고 모두를 아우를 수 있는 사랑이 울림이 되어 퍼져나가길 바라면서 감히 얘기해 봅니다. 나무의 몸짓이 던져주는 화두를 주워담을 수 있으니 사람의 시간이 행복할 뿐입니다.

백양사 사찰 입구에 서 있는 두 그루의 이팝나무가 던져주는 화두로 든든한 마음의 거울을 장만하신다면 속인의 번뇌쯤은 가벼워질 듯합니다.

파도가 기록한
시간의 역사

이곳은 아홉 개의 돌등(자갈밭으로 이루어진 둔덕)이 굽어 있다고 하여 구계등九階嶝이라고 하며, 전남 완도군의 다도해해상국립공원에 위치하고 있습니다. 활(弓) 모양의 해안선을 따라 둥글둥글한 돌들이 길이 800여 m, 폭은 200여m의 길이로 늘어져 있지요. 눈으로 확인할 수 있는 폭의 길이는 약 70m쯤 되며 나머지는 바다에 잠겨 있습니다.

아홉 개의 굽어 있는 돌등을 모두 보기란 참으로 어려운 일입니다. 썰물 때에도 대여섯 개만 볼 수 있으며, 굽어진 돌등을 모두 보려면 조수 간만의 차가 가장 심하다는 사리 때를 기다려야 합니다.

이곳 사람들은 이 돌을 일컬어 '몽돌'이라고도 하고 '용돌'이라고도 합니다. 어디 하나 모난 구석 없이 몽실몽실한 돌 모양에서 비롯된 이름이기도 하고요. 파도의 물결에 젖은 돌들이 햇빛에 반사되면 보석처럼 빛나는데, 그것이 마치 용이 알을 막 낳아 놓은 것처럼 신비로운 빛을 발산하다 보니 용돌이라는 이름을 얻기도 했습니다.

옛날 사람들은 이곳을 '구경짝지'라고 부르곤 했습니다. 여기서 숫자 구九는 최대의 정점을 찍는 말로 뜻을 풀자면 최고의 경관을 일컫는 말입니다. 한자에 '짝'자는 없으므로 물소리 날 '작灂' 자를 써서 표기하니, 이를 합하면 '최고의 경관이 내는 물소리'라는 뜻이 됩니다.

서로가 서로의 몸을 기대고 있는 몽돌들은 파도에 밀리고 쓸리기를

반복합니다. 파도의 힘에 의해 몽돌들은 서로의 몸에 부딪히고, 그러면서 물에 젖은 돌들이 서로 몸을 부벼대며 소리를 냅니다.

흔히 파도 소리를 글로 적어 표현하면 '처얼썩~ 쏴아!' 이런 식으로 많이 쓰지요. 이런 소리는 모래 해변에서 들리는 흔한 파도 소리입니다. 사실 파도가 모래해변을 달리는 데에 무슨 힘이 필요하겠습니까. 흔히 장기판에서 쓰는 용어대로 하면 '차로 졸치기'라고 할 수 있지요. 막대한 힘을 가진 '차'가 '졸'을 잡기란 가벼운 하품질로 끝나기 일쑤니까요.

그리고 가파른 해변이야 맨땅에 헤딩하는 파도의 심정이 그대로 표현된 '처얼썩~처얼썩' 하는 건조한 소리만 들리기도 합니다. 그런데 이곳의 파도소리는 전혀 다릅니다.

철~철~철~~철~~~철~~~~철~~~~철~~~절~절~절~~절~~~절
~~~~절저르르르르르르르르르

처음에는 파도의 역동적인 힘이 느껴지지만 헤아릴 수 없는 몽돌을 타고 넘어야 하니 자연스럽게 힘은 노쇠해져 박자가 느려집니다. 물이 빠져나갈 때에도 급하게 서둘러 나가다 보니 처음엔 박자가 빠르게 느껴지지만, 점점 느려지면서 파도는 후퇴를 합니다.

그런데 잘 들어보면 파도에 부딪히는 소리와 파도가 쓸려갈 때 내는 소리는 다르게 들립니다. 파도가 밀려들 때에는 몽실몽실한 몽돌들의 둥근 저항을 넘어서야 하기 때문에 둥근 곡선을 타넘는 파도는 몽돌의 숫자만큼 노래를 불러주어야 하고요. 파도가 빠져나갈 때는 물에 쓸려 나가지 않기 위해 안간힘을 쓰는 몽돌에 대한 예우를 갖춰줘야 하니 역시 몽돌의 수만큼이나 애절한 노래를 불러주어야 합니다.

언뜻 생각하면 파도가 베풀어주는 무한한 호의라는 생각이 들기도 합니다. 몽돌이 파도를 연주하는 것인지 파도가 몽돌을 연주시키는 것인지는 생각하는 이의 마음이 어디를 향하고 있느냐에 따라 판가름이 되겠네요. 몽돌의 입장과 파도의 입장이 서로 다르다 보니 어떤 이는 파도를 선호할 것이며, 또 다른 이는 몽돌을 예찬할 것입니다.

얼마나 오랜 시간 동안 몽돌이 파도와 결합하여 이토록 아름다운 화음을 자아내고 있는지 추정하기는 어렵습니다. 그렇지만 몽돌의 다듬어진 몸통을 보고 나면 시간을 가늠한다는 것조차 번거로움이 느껴집니다. 사람들은 몽돌과 파도가 결합한 시간을 약 1만 년 전으로 예측합니다. 천년의 세월이 열 번은 쌓여야 하는 시간이기에 사람의 시간으로는 표현되지 않을 억겁의 세월 같습니다.

그 긴긴 시간 동안 서로의 몸을 부벼대며 서로의 살점을 털어내는 동안 수없이 연주되었을 파도와 몽돌의 노래는 아직도 멈추지 않고 있습니다. 몽돌은 태풍이 올라오거나 강한 파도가 예상될 때면 평소보다 더 큰 소리로 돌 울음을 운다고 합니다. 거친 파도에 서로를 부대껴야 하니 몽돌도 파도가 두렵긴 두려운가 봅니다.

이곳의 몽돌은 '청환석'이라고도 부르는데, 돌이 품고 있는 푸른빛이 예사롭지 않아 지어진 이름입니다. 청환석은 제 몸에 바다를 품더니만 결국엔 기어이 바다에 뛰어들어 1만 년 동안 파도를 끌어안았나 봅니다. 그리고 파도는 돌들의 살점을 털어내며 기나긴 파도의 역사를 일궈낸 것 같습니다. 돌들이 깎여지는 아픔이 노래가 됐을까요? 그들에게는 몸을 깎아야 하는 고통의 소리가 될 수도 있겠지만, 사람들에게는 눈 호강, 귀 호강은 물론이거니와 구겨진 마음조각까지 환하게 펴지는 힐링의 소리입니다. 몽돌의 푸른빛이 쏟아내는 알 수 없는 언어들로 인해 나른한 행복이 봇물처럼 쏟아집니다. 둥글둥글한 돌의 곡선은 모나고 상처받은 마음을 편안하게 어루만져주는 듯합니다.

편안한 곡선을 지닌 몽돌이 되기까지 얼마나 많은 시간을 서로에게 부대끼며 지냈을까요? 사람도 한세상 펼치다 보면 세상의 파고를 넘나들게 됩니다. 사람에게 부대끼고 환경에 부대끼다 보면 상처 없이 살아낼 수 있는 삶이란 없습니다. 때로는 잡초처럼 짓밟히기도 할 것이며, 어떨 때는 무자비한 폭언과 폭력으로 인해 자신의 가능성을 포기해 버린 경험들이 있겠지요. 삶은 살아내는 것이 이기는 것이며 버티는 것이 성공하는 길이라고 하지요. 모진 세상 만나 날갯짓 한번 제대로 해보지 못하고 추락해 버리는 경우도 허다하긴 합니다만.

몽실몽실한 구계등의 몽돌들이 이런 사람들에게 말을 걸어옵니다. 서로가 부딪혀서 아프지 않게 하려면 내 몸에 있는 뾰족한 부분부터 없애는 일을 시작하라고요. 뾰족한 자존심, 뾰족한 이기심, 그리고 더 뾰족한 욕심이라는 뾰족이들을 내려놓다 보면 어느 사이 몽돌처럼 부드럽고 편안한 곡선을 가지게 될 것이라고 합니다.

추락한 날개를 펼칠 수 없다거나 상처로 인해 가슴앓이를 하고 계신 분이라면 꼭 이곳에 들러보세요. 바다가 거느리고 있는 합창단의 둥글둥글한 화음에 마음을 실어보세요.

철~철~철~~철~~~철~~~~철~~~~~철~~~절~절~절~~절~~~절~~~~절저르르르르르르르르르르.

파도와 돌이 일궈내는 역사에 슬며시 승차해 보세요. 숨겨졌던 자신의 가능성을 믿게 되는 기적을 느껴 보세요. 슬픔과 상처까지 추락시켜 주는 묘약이 다도해해상국립공원 정도리 하고도 구계등에 있다는 사실을 언제나 기억하길 바랍니다.

바람이 기록한
시간의 역사

이곳에 사는 사람들은 모래 서 말은 먹어야 시집장가를 갈 수 있다고 합니다. 쌀 서 말도 못 먹고 시집간다는 이야기는 들어봤지만 모래 서 말을 먹어야 시집장가를 간다고 하니 참으로 난감한 해석이 필요합니다.

얼마나 많은 모래 속에서 살기에 이런 말이 생겨났을까요? 사막도 아닌 우리나라에서 모래 서 말을 먹어야 한다니 이곳이 어디일까 궁금하시지요? 모래 서 말을 먹으면서 성장한다면 평생 동안 먹어야 할 모래는 얼마나 되겠습니까? 섬이 아무리 좋다고 해도 모래를 이토록 많이 먹어야 한다면, 밤 봇짐을 불사하더라도 이곳을 떠나고 싶을 겁니다.

그런데 이곳에는 아직도 사람들이 살고 있으며 앞으로도 살게 될 것으로 예상됩니다. 모래를 몇 가마니씩 먹을지언정 꼭 살고 싶은 섬. 한번 정이 들면 그 뿌리가 뽑히지 않는 섬. 눈물겹도록 아름다워 기어이 뼈를 묻고 싶은 섬. 이곳은 다도해해상국립공원에 속해 있으며, 소의 귀를 닮은 섬이라 하여 우이도牛耳島라고 부릅니다.

바다가 섬을 거느리고 섬은 사람을 거느리며 사람은 그의 자손들을 거느리면서, 바다의 역사를 사람의 역사로 바꿔내고 있습니다. 이곳은 바람의 역사가 펼쳐지는 곳으로 유명하기도 합니다.

하지만 바람의 역사라니 상상하기 힘든 조합이라고 생각할지 모릅니다. 바람이라는 것이 실체는 있으나 형체가 분명치 않아 무언가를 기록하여 모습을 보일 수 있다는 것이 믿어지지 않습니다. 그래서 신비감은 더욱 깊어지지요.

바람이 기록하는 역사를 거부하지 못하고 모래를 가마니로 들이켜야 하는 이곳을 사람들은 '산태'라고 불렀지만, 학자들은 '풍성사구風成砂丘'라고 명명해 놓았습니다.

풍성사구는 바람에 의해 형성된 모래 언덕이라는 뜻이 담겨 있습니다. 이곳 사구는 바람과 모래가 기록한 거대한 시간의 역사입니다. 바람이 시간을 업고 모래를 옮겨놓아 섬 안에 사막을 만들었고, 눈물겹도록 아름다운 풍경을 선사하고 있습니다.

풍성사구는 해발고도 100m로 수직고도는 50m, 폭 20m, 경사로 33도의 동양 최대 규모로 다도해해상국립공원의 대표적인 경관자원입니다. 사구의 한쪽 지역에는 사구식물을 비롯한 각종 희귀 동식물이 서식하며 해안모래와 지하수 저장 기능까지 갖추고 있습니다.

사구는 살아 있는 생명체와 같습니다. 사구가 살아 있다는 것은 끊임없이 모래가 모여들고 흩어지기를 반복해야 한다는 말입니다. 그런데 지금은 무분별한 탐방객 출입과 기상 이상으로 인해 사구식물이 고사되고 모래 훼손이 가속화되면서 옛 모습을 찾기가 어렵게 됐습니다.

게다가 모래가 자원의 가치를 가지기 시작하면서 해안선의 모래는 사라지기 시작했습니다. 한때 모래가 가득했던 해변들도 자갈들만 뒹구는 황폐한 해안선으로 변하고 있는 것이 우리나라 해안가에서 벌어지고 있는 현실입니다. 자연에 있어야 할 모래가 도시의 빌딩과 주거지가 되어 지금은 도시의 일부가 되어 있습니다.

지금이라도 무분별한 해안선 개발과 모래 채취는 신중하게 생각해 보아야 할 문제입니다. 모래는 수많은 시간이 쌓여서 기록되는 자연의 역사이기 때문입니다. 바위가 모래가 되려면 사람의 시간으로는 도저히 가늠할 수 없는 세월이 걸립니다. 바위로 스며든 물은 바위를 녹여내거나 얼음이 되어 쐐기 작용을 하면서 바위를 조각조각 나눕니다. 해안가에 절벽을 이루고 있는 바위들도 파도에 제 몸을 헌사하며 조각을 내어 주지요.

이렇듯 조각난 바위들은 수많은 시간동안 거친 계곡을 거쳐 은근한 지구의 중력을 통해 바다로 모여들고, 모여든 돌조각들은 거친 물결과 파도에 의해 잘게 나뉘면서 흙의 성분이 강한 녀석들은 갯벌에 안착하고, 석영 성분이 있는 녀석들은 모래가 되어 해변으로 모입니다.

이렇게 모여든 모래는 파도에 의해 더 잘게 부서져서 바람을 타고 풍성사구에 있는 바람의 윗목windward side(바람이 불어오는 쪽)에 안착합니다. 그리고 바람이 더 거칠게 부는 날이면 모래는 바람의 아랫목leeward side(바람이 없는 쪽)으로 이동하지요.

바람의 아랫목은 30~40도의 안식각(안정을 이루는 경사각)으로 가파른 경사를 형성하고 있습니다. 그래서 바람에 실려온 모래는 바람 자국ripple mark(잔물결 무늬)을 남기면서 이동하고 바람의 윗목을 이탈한 모래는 때때로 갑자기 무너져내려(사태沙汰) 급경사 면에서 문득 쏟아져 버리기도 합니다.

이렇게 쏟아진 모래는 돈목해변으로 모이기도 하지만, 해류를 타고 다시 섬의 북쪽 해변으로 모여들어 다시 바람을 타고 풍성사구의 윗목에 올라앉기도 하는 일들이 반복되고 있습니다.

그런데 풍성사구에 전해져 내려오는 전설을 듣는다면 바람이 모래를 실어 나르는 일이 단순하지만은 않은 숭고한 역사로 비춰질 겁니다. 풍성사구는 50여m의 높이에 동서 방향 산릉의 잘룩한 부분으로, 북쪽 해변에 있는 1km의 해변에서 북풍을 타고 넘는 바람이 모래를 실어와 만들어진 사구입니다. 동서로 나뉜 지형이 돼지의 목을 닮았다고 하여 돈목마을이라 부르며, 북쪽에 있는 마을을 성촌이라고 합니다.

이곳 성촌에 사는 아가씨와 돈목마을에 사는 총각이 사랑하게 되었답니다. 두 사람은 마을 사람들의 눈을 피해 밤이 되면 풍성사구에서 만나 사랑을 나누곤 했지요. 어느 날 돈목에 사는 총각이 풍성사구에 나타나지 않았습니다. 고기를 잡으러 바다로 나간 돈목 총각이 풍랑에 목숨을 잃었다는 이야기를 들은 성촌 마을 처녀는 슬픔을 견디지 못하

고 바다로 뛰어들었다고 합니다. 그리하여 처녀는 모래가 되었으며 총
각은 바람이 되어 모래로 변한 처녀를 끊임없이 실어 모래언덕으로 올
려다놓고 끈질긴 사랑의 끈을 놓지 않고 있다고 합니다.

사랑의 장소를 차마 잊지 못하고 잠시 끊어졌던 사랑의 맹세를 지키
기 위해 지금도 우이도의 풍성사구에는 모래가 쌓이고 있습니다. 무너
지고 쌓이는 일이 반복되지만, 두 사람 사이에 있었던 사랑의 맹세는 아
직도 끊어지지 않고 있는 것입니다.

그래서 뭍에 사는 선남선녀들이 이곳에서 사랑의 맹세를 하기 위해
몰려들기도 합니다. 이곳에서 맹세한 사랑은 끊어지지 않는 불변의 약
속을 보증한다고 합니다. 특별한 사랑의 언약을 하고픈 연인들이라면
꼭 오셔야 할 것 같습니다. 부드러운 모래의 곡선처럼 둥글둥글한 사랑
이 무르익을 것 같네요. 바람과 모래처럼 끊임없는 사랑을 나누길 바랍
니다.

돈목해변과 풍성사구

　모래를 몇 가마니 먹어도 좋으니 꼭 살아보고 싶은 섬이 괜히 되었겠
습니까. 한번 정이 들면 그 뿌리를 뽑고 싶지 않은 섬이 그냥 되었겠습
니까. 눈물겹도록 아름다운 풍성사구를 매일처럼 보면서 그곳에 뼈를
묻고 싶어도 이상할 건 없지요.

　이곳 풍성사구에서 촬영한 '가을로'라는 영화가 있습니다. 풍성사구
를 거닐면서 여자 주인공이 하는 대사를 들어볼까요. "지금 우리의 마

음은 사막처럼 황량하다. 하지만 이 여행이 끝날 때는 마음속에 나무숲이 가득할 것이다."

마음속에 사랑이 가득한 나무숲이 차길 원하는 분들이라면 반드시 이곳에 와 보십시오. 바람과 모래가 기록하는 이곳의 역사는 점점 가벼워지는 우리네 사랑법에 특별함을 더해줄 테니까요.

가벼워야 바람에 안길 수 있는 모래가 됩니다. 그 모래들이 모여 거대한 성을 쌓는 비밀의 언덕이 우이도 풍성사구에 있습니다. 바람이 모래를 실어 풍성사구를 쌓고 있는 한, 그곳에서 맹세한 사랑의 언약도 언제나 유효할 것입니다. 사뭇 사랑으로 인한 가슴앓이를 하고 계신 분들이 있다면 이곳으로 와보셔도 좋습니다.

참고하세요

프롤로그

1. 화강암으로 이루어진 월출산의 생성 과정을 설명하는데 신용석 소장님은 식빵을 용암이라고 가정하고 이야기하셨다. 식빵을 누르면 푹신하다. 이 식빵을 눌렀다가 슬며시 놓으면 다시 부풀어 오르는데, 팽창된 용암이 서서히 응고되면서 수축하게 되고 그렇게 굳어진 상태가 화강암이 된 것이다. 수축을 하는 과정에서 용암의 성분에 따라 화강암의 강도가 조금씩 달라지고, 이때 수직절리와 수평절리가 발생한다. 화강암의 약한 부분부터 절리가 일어나는데, 이후 풍화 작용으로 깎이고 깎이다가 핵석만 남는 과정을 묘사할 때 식빵은 부분적으로 떼어내면서 설명하기에 그야말로 적합한 재료였다.

1장 생존과 전쟁

2. 차나무 꽃 사진을 보면, 노각나무 꽃이 차나무 꽃과 많이 닮았음을 확인할 수 있다.

차나무 꽃

3. 가지 맨 끝에 솔방울 모양으로 달려 있는 암꽃과 달리, 그 아래에 있는 소나무의 수꽃은 꽃가루(송화가루)를 담고 있는 주머니처럼 생겼다.

송화가루 주머니 모양의 수꽃

2장 희로애락

4. 자귀나무 잎과 달리, 대부분의 나뭇잎은 끝에 이파리가 하나 더 달려 있어서 홀수로 이루어져 있음을 알 수 있다.

5장 공존

5. 깎아지른 듯한 기암절벽이 많아 예로부터 영산靈山이라 불러왔던 월출산은 조선시대부터 부르기 시작한 이름이다. 천황봉을 주봉으로 구정봉, 사자봉, 도갑봉, 주지봉 등이 하나의 작은 산맥을 형성하는데, 1973년 3월 남서쪽으로 3.5km 떨어진 도갑산道岬山(376m) 지역을 합하여 도립공원으로 지정되었다가, 1988년 6월 국립공원으로 승격되었다. 이곳 월출산국립공원 도갑산에 도갑사가 자리하고 있다.

참고하세요

6. 남생이는 우리나라에 서식하는 민물 거북의 일종이며, 자라와는 눈에 띄게 구별
이 된다. 남생이는 사람에게 호기심이 많고 친화적이지만, 자라는 물속에서 잘 나
오지 않으며 사납기 때문에 만지면 사람을 물 수도 있다.

남생이

자라